诗人散文丛书

海 男 ◎ 著

时间熔炼手册

河北出版传媒集团
花山文艺出版社
河北·石家庄

图书在版编目（CIP）数据

时间熔炼手册 / 海男著. -- 石家庄：花山文艺出版社，2023.12
（"诗人散文"丛书 / 霍俊明，商震，郝建国主编）
ISBN 978-7-5511-6444-3

Ⅰ.①时… Ⅱ.①海… Ⅲ.①散文集－中国－当代 Ⅳ.①I267

中国国家版本馆CIP数据核字(2023)第017813号

丛 书 名："诗人散文"丛书
主　　编：霍俊明　商　震　郝建国
书　　名：时间熔炼手册
　　　　　Shijian Ronglian Shouce
著　　者：海　男

责任编辑：尹志秀
责任校对：李　伟
封面设计：王爱芹
内文制作：保定市万方数据处理有限公司
出版发行：花山文艺出版社（邮政编码：050061）
　　　　　（河北省石家庄市友谊北大街330号）
销售热线：0311-88643299 / 96 / 17
印　　刷：河北新华第一印刷有限责任公司
经　　销：新华书店
开　　本：880毫米×1230毫米　1 / 32
印　　张：8.875
字　　数：180千字
版　　次：2023年12月第1版
　　　　　2023年12月第1次印刷
书　　号：ISBN 978-7-5511-6444-3
定　　价：58.00元

（版权所有　翻印必究·印装有误　负责调换）

目录
CONTENTS

写作中的美意 / 001

在冬天需要勇气 / 010

这秘密美好的生活 / 017

火柴盒又来到了手上 / 026

无法说清楚的东西 / 036

蓝色是自由的 / 044

静悄悄的个人史 / 052

世界是真实的 / 059

一本书的出世 / 065

多安静，多安静 / 077

没有雪的西南一隅 / 083

寻找的过程就是写作 / 092

写作，在这个世界上纯属个人行为 / 100

写作之所以伴随我 / 110

想去摘星星 / 115

十七摄氏度的春天	/ 124
重读青年时代的书	/ 133
为自己准备一种秘密	/ 142
清明	/ 149
无常是美好的	/ 157
除了语言,就是他们和我们	/ 165
中午,栽下四棵蔷薇	/ 172
明天我将更清醒	/ 181
时间太快,不要纠结很多事	/ 188
万物生长,我亦生长	/ 196
夏天,每周需要买两次鲜花	/ 205
碧色寨,旅人的路线	/ 214
语言的路线	/ 221
在琐碎的生活面前	/ 229
南部边疆	/ 238
好吧,再为自己策一次展	/ 245
许多声音是说给灵魂听的	/ 254
雨下一阵,就停了	/ 264
我不是一个合格的中文系学生	/ 272

写作中的美意

互联网带来了什么？它迅猛的速度必然让人丧失更多生活的手工技能。写作也一样，其文体必然要带来属于个人的革命。当然革命这个词对很多人来说是政治上的。其实，从词根上研究，它带来的是历史与命运的连接。我们如何连接互联网下生物体的命运？面对高科技的巨速不断发展，许多东西必然灭寂。尽管如此，我们这代人还是幸运的，走进原始森林，我们仍然能看见猛兽在奔跑；乡村外仍然有土地可以播种；城市里仍然有来来往往的人在贩卖土豆、白菜……终其一生，只要有肉身，就必携带灵息。写作，就是在灵息中追索。我们在疾风之刃中感受到的心跳，就是互联网时代无法改变的时间轨迹。

焦虑和忧伤是写作者必需的元素，因为你身体中承载着人生的艰辛和苦役。一个每天唱着高亢洪亮歌曲的人，只唱出了人世的喧哗。所有通向语言的道路，就像伟大诗人但丁的经典著作《神曲》中说的，我们在地狱和炼狱中，通向了天堂的道路。

此刻,又开始触摸语言。语境是需要偶遇的,就像旅人,从房间往外走,所遇到的时间地址、背景墙壁,都是写作者游离的空间。旅人在天地间留下了自己的辙迹,接受来自路上的陌生风物和面孔。写作者终其一生都在路上,房间里的写作者,可以通向每一座庭院城堡、鸟栖身过的树枝、人途经过的痕迹。语言在复述着写作者内心的距离,它趋近的海洋和内陆,省略过的、未说出的言辞,都需要在自由中练习内敛和克制的能力。写作就像是情爱关系,有赴约、拥抱,彼此相爱中有松绑,给予相爱者空间,去幻境中造梦。唯如此,你写下的诗句或书中的故事,才充满未知的惊叹号。天气寒冷,好像飘雪了,云南的冬天很温暖,很难遇到雪境,语言也一样,再不可能发现奇迹了。

身如轻燕,该舍去的舍去,不该带走的绝不带走。这是写作中的美意。天空碧蓝,向一只伟大自由的燕子学习飞翔——这是写作中的形而上的境遇。

灯火阑珊处古老的村庄,这些即将被人类文明进程史遗忘的角落,只有依赖于新的符号学,才能保存在极少数人的心灵史记中。因此,这一代人的写作意味着在新与旧的速度中,寻找到旧时代的叙事、新时代的结构。就像古老的土坯屋有无数精灵穿过。聆听吧,那些前世的耳语、今生的传说。我喜欢途经那些有人文话语权的遗址,蓝天依然蔚蓝着,就像永恒的灵魂伴侣永远在等待着我。

诉说和写作，是贯穿一体的，就像风吹绿了干枯的枝条。互联网时代，只有少数人保持着翻开纸质书的习惯。迅猛的高科技将改变人的智慧。尽管如此，纸质书的芬芳，来自书脊、扉页、目录以及正文的文字，仍然是我们这一代的所爱。我偏爱纸质书，偏爱枕边书的那些来自语言的诱惑。亲爱的，你跑到哪里去了？请带上书籍，带上我，带上我的钢笔、色彩，去一个遥远的温柔的领地生活、写作。

尽可能保持安静，我们没有时间去寻找时间。坐下来，接近《海拔》。它是我近期将完成的长诗，在其中有贫瘠和丰盈，有云梯和人间，有物质和灵魂，有水乳大地，有未尽之爱；有约定的光芒和黑暗，有耕地、纺织，有巨大的时间之兽，让我们穿梭不息。它写仁慈，写卑微，写羞辱，写疼痛，写厌倦，写幻象，写生死，写热烈，写冰川……

在人间好好生活，这就是写作。我出入于时间的脉迹。弹指间，岁月途经处，是一座座古老的城堡。访问这些烟花升腾又落下的古堡，写作在此驻守，语词就像尘埃的颜色，就像星宿日月在变幻魔法，也需要变幻色彩。亲爱的生活，我爱你，尽管时间穿梭，我只是人生过客，然而，飞鸟在人心中拍起翅膀，万水千山下是我的人间！

那时候，我还年轻，身体的语词从朝露到暮色，总能忍住雀跃和忧伤。从笔尖下流出的蓝墨水，让写作从源头开始，走了很远，增加了行李和车船票据，同时也累积了人世苍茫的风景。每一个人世所抵达的，只是前世的一个驿站，而未抵达的在今世和来世之间辗转。写作，所面对的是世间渊薮，迷离中我们一次次地完成了自我的熔炼。曾在云南陡峭的青灰岩下行走，曾看见忧伤的黑麂鹿脚下的灌木中突然跃出的一片蓝色鸢尾花。是的，我看见的，就是来自我身体中的语言；我未看见的、幻想中的，是神性赐予我的魔戒。

无论去哪里，都有期待，像一只蝴蝶般飞翔，用其轻盈身体中的羽翼去飞翔。这是我从幼年就追逐过的一只蝴蝶，它贯穿了我一生。它是红色的，微蓝色中有红色。一个梦，延伸在写作旅途中。它漫长，需要一个人掌握孤独的谜语，方能将写作进行下去。喧嚣和聒噪与写作无关，写作者永远在语言背后，从不露面，这就是写作的秘密。又一个黎明，我喜欢拂晓，干干净净地抚摸万物的灵魂，带着喜悦，写作中的彷徨会让我偶遇未知和此刻的亲密关系。

写作这件事，是注定要发生的。面对这件事，只有跟自己商量怎么写下去。写作越来越艰难，犹如一场看不见的远征。只要你想靠近语言，就会遇到无穷无尽的问题。写作就是解决问题，每一个冲突，每一个词语，每一次历险，你置身其中，你是目击证人，你也是局外人。这就是写作者的双重身份。写作者激动着、快乐着、沮丧着，最终将自己送到了语言的燃烧中，渐次冷却，成为铭文或传说。

有多少记忆已随风远逝？我写作，因为时间让我找回了自我。没有自我的世界，就融不进眼前的迷障——过去或现在以及将来，就像鞋子下延伸出去的曲线。我们在个人历史中便融入了另一种历史——身体中的历史。它有时喊叫,有时沉默,有时歌唱。历史细如蛛网,让我们谨言慎行,它有时悲壮而辽阔,让我们心生敬畏和悲悯。

在一个充满山冈、盆地、荒野和寒川的版图中生活,时时刻刻感受到从热谷到原始森林再到白雪茫茫的尺度。这伟大浩瀚的尺度,是生灵的存在或虚无,是人世的符号学。我开始了长诗《海拔》的写作。愿世态吉祥,万物万灵彼此守望!

安静,唯有安于栅栏壁垒的生活,才能让我们读完一本书,认真地完成一件事。变幻无穷的世态,互联网下,电线杆上的燕子在练习独舞——生命尽头的潜力,浮在水面是波澜,藏在水底是珊瑚。

热爱米兰·昆德拉已多少年了?此刻,想象着他的衰老,在漫长的流亡生涯中他《生活在别处》的处境,他的《玩笑》,他用尽一生所追索的《不朽》,以及他置身其中的《帷幕》。生活的艰辛,写作者的孤寂,人生的变幻无穷,就是《生命中不能承受之轻》的意义吗?

一天的开始,要让自我出现。没有自我,什么都是空谈,就像没有纸,笔就没有功能;没有蓝天,就没有海水的蔚蓝;没有土地,就没有向日葵。接近年关,外部世界又开始了不安,人们在归乡的旅途中彷徨着,再加上诡异变幻的新冠疫情,每个人的生命都在历经着煎熬。诵读经文是我每天黎明前的仪式。遵守生命的意义,从仪式开始。看啊,黎明降临,我们又开始了生活,在布衣的窸窸窣窣声中,万物或隐或现……

每个人都是唯一的，叙事是唯一的，命运是不可替代的。

何谓隐喻？家像星宿中的房间，黑暗终将撤离地平线，每一次拂晓，让人心雀跃而起。沿着这条褐色小径往下走，就能看见华宁的西沙映月，泉水从白沙涌出，这个景观让我往下走，看见了泉涌。隐喻住在我们的身体里，它是未言说出的意义。这个早晨，微冷，无风，安静，鸟巢中的鸟尚未飞出，我起床了，总是要起床的——那些从沙漏中涌出的隐喻，那些晶莹剔透的事物，那些陌生的语境，为何缠绵于时空？早安，亲爱的人。

蓝色波光的夜是值得瞩目的，在时间分秒幻境面前，就是一部电影或者史诗的源头。愿我们的语言，像甜蜜的蜂箱，明日呈现；愿我们成为语言中的语言，耳语着，如风铃声悦动着窗户外的春天。

愿我明天睁开双眼，花篮中的玫瑰已全部绽放。因为红色，因为每一朵红色的花，都是太阳带给我们的礼物。我爱你，爱你们，在这个美丽的花篮中，有一个我们赴约的春天，它一定会降临的。秘密就在花篮中，写作和人生，必须充满了虔诚的等待，朝圣者的虔诚等待，定将黑夜载往曙光中，就这样，我又想起了漫山遍野的向日葵，这一夜，我必须被这些意念所拥抱！

在如果或所有之间，虚拟了一条漫长的旅路。我们往前走，也在往后走。写作在这条反反复复的辙迹中，聆听和观测都来自我们肌理间的时间。一个有温度的身体，才能写出浮世的道路和造梦者的异域。

天亮了，愿天与我们一起守望时间的分秒流逝。又拉开窗帘，听见鸟儿在枫树上演奏着新的旋律。我们需要语言、旋律、悦耳的歌曲。今天有一场赴约吗？在语言里，在语言所揭开的屏幕指纹下——我们从容地面对这人世的叙事曲。你好，亲爱的生活！

心依旧，它的命运是灵魂的节奏。此生虽苍茫艰辛，终不辜负日月光华的垂爱。我的云南就是我的语言版图，回到质朴的大地、安静的人间。此刻，高速列车在远方疾驰，新冠疫情形势仍加剧着对生命的忧虑。过往的彩云啊，头顶上的飞鸟啊，地上的尘埃啊，爱我的人啊，我是多么挚爱你们！

一条路有多少幻象，一个梦要多久才能醒来，一个人要爱多久才到尽头？

我的命源于时间那丰茂而变幻无穷的词根，从晨曦开始，冷水澡让我清醒，并获得每天的觉悟，多么美啊！

语言是脆弱的，它需要你用心去寻找它，否则它就会消失。所有的语系，散布于时间那静寂无声的帷幕中。我喜欢帷幕，人与人之间，事物之间，河流山川之间，语言之间——是时间带着你的身体面对帷幕。我们就生活在帷幕之中，隐藏或脱颖而出，充满了未知性，正是因为那些不可言说的成了写作的词语，正是那些不可言说的成了生命力中的倾向。没有永恒的天长地久的时间，因为时间是流逝的，这流逝或变幻，让我成长，知悉人世艰辛。对于生活或写作，它的孤独，才是恒久的。日月为什么生辉？因为它们有撤离、重现。生活于我，除了词语，就是默默地接受命运的安排。每天醒来后的安静，就像是不眠之夜你进入长夜，数不尽的星星就像粒粒尘埃，总能安息于大地之上。有鸟语过来了，没有风，春天快来了。

在新冠疫情时期，仍然有纯净的大地和蓝天，云南以南，过五里，再过百里以外，那祥云下的村寨，可以被现代化所遗忘，然而，它却依然保存着后科技时间中的前世之颜。绵延的词根在喧哗和聒噪之下安静如初，却汹涌着尘世的语言，讲述着人类的故事。如此赴约于世间万物，命运中的历史将变幻于我的生命中。

我们不需要疾驰的速度，但我们改变不了现状。如何在巨速中安心？开始写作时，就像鸟飞回屋檐下的鸟巢。如果我们能像一只鸟一样用飞翔捕食，便延伸出了生命体态的生机，在飞行中不断地借助蓝天大地之物取悦自己。如果我们能像一只鸟一样，衔起一粒谷，就心生欢喜地回到鸟巢，那么，我们就能与疾驰的速度和谐相处。

云南的旅路就是我身体中的版图，从出生到现在，我一直生活在西南边陲。在伟大辽阔的滇西，我认识了金沙江，我幼年时就是在金沙江错落的峡谷中找到了灰蓝色的岩石，我跟着一头羚羊小心地跳过沟壑，纵横的羊肠小道之外是另一些被蛇和巨兽走过的痕迹。我还看见了怒江大峡谷的惊涛，澜沧江沿岸的村庄。我一次次地出入着、彷徨着，每一朵云、每一种地上的植物都有灵性。在过去的流年中，我几乎走遍了整个滇西。之后，我开始向滇中滇南出发。亲爱的云南，你的版图，足够渡我至生命之彼岸。人生有无数相遇、无数告别——我们的一生，作为写作者的光阴，就是在语言的浩瀚无涯中相遇和告别。词语那神性的时间，总是有来往的生灵们，启迪我，引渡我，穿越我身体的爱。挚爱者的存在，万物万灵的形象，就是我旅路上沿途的母语。

在冬天需要勇气

哪怕是茫茫长夜，仍有灯光明亮。腊八节和其他每一个民间的节日都令人欢喜。我们促膝长谈，是为了等待天亮。

这份礼物何其重要？20世纪90年代初期，我遇到了米兰·昆德拉的作品。那是一个读书的好时代，手机、微信、网络尚未降临，我跟同屋（我们在鲁迅文学院与北京师范大学合办的研究生班上学，同屋两年半）每逢周末就到王府井书店买书，到中国美术馆看画展，背对背地写作。昆德拉的《生命中不能承受之轻》《生活在别处》走进了我的世界。从那时候起，我就爱上了昆德拉。他的小说、哲学、诗学、历史学、心理学，是影响我的语言和阅读史的最为重要的元素。是昆德拉和众多语言结构大师，告诉了我什么是个人写作，语言与自我历史命运的诗学时间关系，如何使用语言。在这个并不安定的时间体系中，世界体系和自然，都进入了一种被互联网所演变的时代。尽管如此，仍然有人在使用心灵的艺术写作、绘画。感恩诗人、翻译家李寂荡画的米兰·昆德拉的肖像，它就是我二十多年来所热爱的昆德拉，他脸上的苍茫和时间就是《帷幕》《玩笑》《生活在别处》《生命中不能承受之轻》中的昆德拉的。感恩这份珍贵的礼物，它是用心灵绘制的作品，所以是美好而永恒的。

生活中需要问候早安，起床是必须的事情，告别床褥，尤其是在冬天，需要勇气。一个人的勇气不需要培养，它是习惯，当自己一旦被某种声音召唤，就会聆听。声音和聆听者都是虔诚的。我是热爱时间的人群中的一员，生物钟从早到晚，是一个循环，用于树枝摇曳中让身体劳动。早早起床，喜欢看着自己用干净的手拂开经书，一页页往后翻，听见了自己的声音。之后，八点钟就能开始写作。起床这么早，首先是诵经，需要两个多小时，之后是早点，再为自己沏上茶，最后坐在窗帘下写作。严谨的生活方式，实际上如此美好柔软。春天快降临了，寒夜散去，作为女人的我，仍然穿着裙子，在房间里写作——这漫长的约定，是命运，不再可以修正，我接受它。世界辽阔，有些事，永远不变，犹如花开花落、四季轮回。写作在轮回中继续着，喜鹊知了燕子们在叫唤，万灵竞放，日月共生辉。生活与写作，是我存在的理由。

性别学，就像太阳和月亮的关系。这一刻，下午西斜的阳光仍然热烈。每个人，从降临人世的那一刻，都在完成孤独的训练——就像写作，累积了数之不尽的词条，还需要用上结构学、美学、神学。就像你的手伸出去，是在触抚、劳动。你喜欢的人很重要，无论是男人还是女人，他们都彰显了你的过去,又将未来连接。

细节,无论是在小说中还是在诗歌中都极为重要。只有看见尘埃的人,才会看爬行的蚂蚁、飞翔的燕子。小说不厌其烦的啰唆,从夹缝中升起的光亮,就是人生。能写好细节的每一个方寸、凹凸、阴郁和微光者,则是携带时间寓意引渡黑暗抵达内陆者。晴朗的一天,光芒如此重要,此刻,我心永驻!

我曾说过,伟大的神性都是冰凉的。阳光出来了,云南的冬天,只要有阳光,就是春天了。上午写长诗《海拔》,越过低处到层层叠叠的经纬度,有多少生命在寻找着居处、食物?有些物种已经消失,生物圈濒临着更严峻的无常和变幻。《海拔》即我们生命中的热或冷,就像爱,忽而风暴闪电,忽而烈火冰川,这就是我身体中的《海拔》。午间,收到女诗人施施然的一幅钢笔画。像我吗?我凝视着画中的眼神,感恩另一个美丽女诗人描述了我眼神的深渊。它是一个幽深的、迎向光芒的深渊。

醒来是一件事情,意味着洗漱,干干净净地回到人间。我们面对生活时,其实很简单,有温饱和健康就足够了。但为什么面对精神会起伏动荡?因为精神是一个非常丰富复杂的序幕,每天当我伸出双手去揭开序幕时,都会情不自禁地升起一种仪式感,以朝圣者的虔诚去创造仪式,发现我们的生命从俗世中产生的奇异现象,这就是精神的版图。写作和物质生活并不冲突,因为它是物质生活中的最高级的物质,历史中的历史,生物圈中的跳跃、纵横、沉默中的火焰。早安,当我面对窗帘时，已经揭开了它，外面是晨曦、俗世。当我开始喝水时，已经在酿酒；当我说爱你时，已经在礼赞未来。

这是我的秘密花园，它有灌木、溪流、碧云、蓝天。在一个十分偶然的时间里，我来到了画室。奔向画室前，我想到了一阵莫名的心跳，仿佛我在花园中行走，这是人类花园的局部吗？在我用钥匙打开门之前，我仿佛就在那座花园中行走。尽管地球的历史太古老，人间疾苦缠绕着众生，但生命的精神体系却支撑着我们的生命。打开门，迎着画室中的光线走上前，将画布支在画架上，再使用色彩。顷刻之间，我的秘密花园仿佛打开了大门。很长时间了，从我画画时起，我就想走进这座秘密花园。当自然生态遭遇着时间的轮回辗转，我们总是要寻找到内心的梦想，犹如人类群星璀璨的庆典。直到如今，我仍然能回忆起完成这幅画作时的欢喜，它就是我亲手绘出的秘密画图。那个春天，我在画室中漫游，手中是画笔，画布上是色彩，我听见了溪水畅游着，我感受到了无数绿色藤架攀缘上升，从花园中打开了天穹圣顶。

没有黑暗的笼罩，我们就没有卧室、灯盏、枕边书。有限或无限的黑暗，带来辽阔的夜幕，夜行者独自一人在皎月下行走。黑暗，是永恒的，一个没有经历过漫长黑暗熔炼的生命，如何去礼赞朝我们身体奔来的火辣辣的阳光？

诗歌在落地时，才充满了词根，而每一个词根都是朝上生长的，犹如麦子、玉米、向日葵。这是中国古典诗词的美学，也是所有使用母语写作者所追索的诗学理念吗？我是这样追求的，这与我们的天空和大地有关，天与地厮守，落地的词根带着泥沙、肉身的味道，而词根向上时则飘忽着来历不明的风和羽毛的轻盈而又幻变的力量，这是灵魂吗？

只有在夜晚，才能充分体悟黑暗有多幽静。所有事物都需要借助灯光才能看清楚，所以世界上需要发明烛光、灯笼、手电筒、马灯，甚至手机。亲爱的，我爱的人！

陀思妥耶夫斯基说："对具有高度自觉与深邃透彻的心灵的人来说，痛苦与烦恼是他必备的气质。"

孤独也如此，如果一个人融不进孤独中去，那么就失去了在孤独中享受飞鸟、流水的声音的能力，也进入不了更幽深的灵魂中去。隐藏，是一道自由或独立的深渊，走进去，有温暖或冰雪。我们在此拥抱，是为了在辽阔的宇宙间找到安居地。告别或相聚，永远是人生的主题。

午后，很安静，已经是早春的气候了。一天过得有多快？写作中篇小说《能同行偶遇在这个星球上》，题目来自一句歌词。快接近年关了，其实，我们这个时代早已丧失了我幼时过年的乐趣。那时候，过年能穿新衣服，父亲会扛着甘蔗回家立在门口，意味着一年甜蜜。现在的年关，有多少人在逃离的路上？有多少人看见了父亲母亲？有多少人尝到了年夜饭的香味？

我们的内心挂满蜘蛛网，也可以垂下白色的巨瀑。蜘蛛网和瀑布是完全对立的景致。蜘蛛在织网时是孤独的，从吐出第一根蜘蛛丝开始，就要忍受在空中的悬浮感、天气的变幻莫测，将一根根蜘蛛丝织成硕大的网，就像写作者从一个语词延伸到世间万物的属性，而且还要隐蔽战线，才可能完成一个词根延续出去的地平线，而且必须像蜘蛛一样织出千万根盘桓的线条，有密有疏有粗有细……具有韧性弹力，即使暴雨倾盆而下，也无法改变它的承载力。至于水帘之下的白色巨瀑，那是多么壮观的景象啊！我们从低处看，倾听它从山顶垂直而下的旋律。那雪白色的飞蝶，仿佛扑向人间就是为了唤醒我们冷漠死寂般的神态。这是另一种写作者的存在，如能将蜘蛛编织的网与巨大的瀑布融为一体，我们的人生或写作就充满了密织的韧性。迷宫般的花园小径，通往星际深处，还能观一帘伟大的瀑布。

黄昏散步，风吹树叶，感觉到春天快来了。风的力量很大，它剥离了残枝落叶，仿佛是在为树身洗澡。之后，树体又重生，就是春天了。我跟春天有一个重要的约定。近日听20世纪90年代的老歌，极想回到那个时代。太平静的生活规范，会失去语言内在的呼喊与细雨。我们需要与同时代融为一体的疼痛或焦虑，同时也需要表达语言的先锋精神。文体的结构、语言的实验要揳入生命的本质。这一代人活着，并探索语言，新的美学原理是在飞跃的。写作中的任何文体，都是更准确地表达我们灵魂的存在。灵魂，是泥沙、矿石，也是星宿、河流、海洋，还是肉身。

新冠疫情会过去的，只是时间长短而已。从去年到现在，我们饱受这个焦虑已经太长时间，尤其是那些特定版图上的区域。人们的生活、心情遭受着更多的磨难和恐惧。相比子弹嗖嗖地在身旁飞过、硝烟弥漫的身体之战，抗疫对于人们的考验更长久。翻一下手机就能感觉到世界每天在变,我们唯有管理好自己的理智、情感,这就是我们的爱。

忧伤是我身体中无法脱离的基本元素。忧伤造就了情绪,我好像在幼年就开始忧伤了。那时候,我随父母在金沙江岸上的橄榄树下生活。我在沙砾中行走,阳光热烈得将石头树枝晒得滚烫。从那时候,我其实就开始了写作,只不过没有用笔记录而已。我身体中潜在的忧伤,已经生根,在我身体中像春夏秋冬的漫卷。享受忧伤,其实就是享受着词语中的天气变幻。忧伤之下的语言结构,更能解决我追索的存在和虚无之间的关系。忧伤就像我的布裙、神态、失眠症一样陪伴着我。此刻,想起了我喜欢的另一位法国女作家萨冈的小说《你好,忧愁》。是的,忧伤是悬浮于我视野中的迷雾,就像我在云南的山冈上行走,所经历的纬度海拔下延伸出来的景物和时间的痕迹。忧伤,真的是一种享受。

那时候,从云南永胜松坪乡进入傈僳族山寨的撒坝子,那座山冈到处是金黄色的栅栏。我穿上了她们自己织布缝制的服装,衣裙很重,是纯粹的棉麻。她们亲自为我穿戴,山冈上奔跑着漫山遍野的黑山羊,溪水从高山顶流到山下,美丽的山寨女子看上去就像传说中的女王。在逝去的年华中,传来了她们手腕上银器的光亮和响声。

语言,增殖了成吨泥沙之上的绿洲,减缓着一个写作者身体中的巨创、焦虑、迷惘,而这些沉思中的元素,却是语言的风景。

这秘密美好的生活

一天中，这段时间，最为干净，无芜杂，便想起朝圣者的足迹。在广袤的滇西，我是那里的女子，从小就喜欢庙宇的神殿。那一年，从白马雪山到梅里雪山的那段路，风景甚美，全世界的所有色泽都在那里绽放，我们呼吸着雪山的气息，空气清冷，海拔在上升。对于不断升起在山冈上的海拔，我认为就是宇宙的神学，有高有低，也应该是诗歌中的美学，高耸于白云间的是雪山神灵，落地生根的是万物俗世。峡谷向上，德钦县坐落于峡谷的小盆地之上，再往前走，就看见了澜沧江，还有金沙江、怒江，三条伟大悲壮的江流岸边是村庄、山野。江流是寂寞的，也是单调的，它们的故事和波澜折射于岸上的众生相中。朝向梅里雪山的路，是国道，可以通向西藏，可以通往宇宙最幽秘的区境。几千年来，这条路上不断有侠客、僧侣、乐者、朝圣者，以裹满了尘埃的肉身抵达了梅里雪山之下。我敬奉了万能的香烛，雪山开始敞亮，那一天我膝盖下是澜沧江流域的砾石，我心中升起的是神圣的感觉。那一年，我沿澜沧江再往下走,旅路上有野蜜蜂引路,羚羊们在纵横,我遇到了《忧伤的黑麋鹿》!

这秘密美好的生活。待明晨五点,在闹钟声中,我下床,拉窗帘声那么好听,窗外幼鸟在练习飞翔。挚爱者永远是我的春天,汉语永远是我的灵魂伴侣!

夜幕总是美的,习惯散步后坐在一块石头上。云南的冬天真温暖,石头的微凉也很舒服。没有风,又过了一天。每天散步之前是黄昏,之后便夜幕降临了。过了非常平静的一天,充满波澜的东西都交给了语言。我知道,从我在20世纪90年代初期喜欢上弗吉尼亚·伍尔夫时就记住了她的名言,一个女人倘若要写作,一定要有一间属于自己的房子,还要有养活自己的薪水。是的,我记住了这句箴言。从年轻时开始到现在,写作能延伸到未来,是因为我总是出入于那间属于自己的房子。除此之外,只要能有衣食无忧的生活就满足了,它能让我专心地写作。当然,我同时记住了法国女作家尤瑟纳尔在小说《熔炼》中的另一句话:书中所有历尽苦役和时间磨难的那个人,就是写作者自己。多么安静的夜幕啊!现在,起风了,我站起来,走了几步,听见自己的裙子发出窸窸窣窣的声音。

我们要有扎根或筑起营地的地方。女性诗人把她们的根须盘桓在粉红色的回忆深处,其忍受忧郁和疼痛的肉身与黑暗之魂和谐厮守。她们身份平凡或诡异,只是外披的丝巾和风衣而已,历练她们的是在阴柔中怒放的花朵,那些被霜雪覆盖的花蕊,哪怕枯萎,仍然有独立自由的芬芳。

遗忘也是一门艺术，正是拥有众生的遗忘，写作的搜寻才变得艰难，就像人世间有变幻无穷的天气云图，每一天的天气走向都不会重复，因此，写作或生活在艰辛中变得有趣。没有趣味的写作是毫无意义的——写作从身体中来，其实总是在追索被我们所遗忘的东西，某个时间段的列车表，黑暗中的铁轨，海洋深处的孤岛，一片新大陆的孤寂——这些只是写作者内心升起的宏大背景。遗忘之地，是一个地址，一封信的投递处；是一个人的容颜，一个人的生死；是一次悬疑，爱与不爱的时间编织；是一座荒原深处，一次赴约的惊悚和召唤……遗忘是一门涂料式的艺术，它一层层地涂鸦、修正、怀念，再回首，通向遗忘之路，也是最终的归宿地。

又坐在夜幕下写字，一个人能够听见风声中来自自己的祈祷，是一件多么幸福的事情。所有的事情都将过去，面对夜色，看见星星点灯，又是一件多么神奇的事情。这世间究竟有多美！

天未晓，诵经两个小时后，天空露出晨曦，再写作两个小时。我那些直起又弯下的肋骨下面，尘光移动着……光阴似箭，听见自己的心跳，看见树上的鸟巢，语言何其波澜起伏，是因为时间永不停留——隔得很远，仿佛仍能听见那划破地平线的白色的羽翼的扇动声，这个星球是属于飞翔的。从过去飞向未来，未来事将从语言开始，空中和地下的羽翼或尘世结构成为未来书中的主题。

话说经验，它是植入个体生命的回忆录。从儿时开始，也许更远些,从胚胎开始,生命就有了位置,这地球如此开阔,一草一木都有位置。正是从位置挪动开始,我们有了融入感。解决饥饿的经验,从吃饭开始,我仍记得在滇西北的盆地,我幼年端着碗吃饭,望着天,望着地,树上的麻雀们望着我脚下偶尔撒落的饭粒。它们要俯冲而下,捕一粒食物就飞向天空。解决痛苦迷惘的问题,必须从自身肉体取出芒刺,取出那些幽暗的刺,正是它们刺痛了你的肉体。解决灵魂的问题,是一个关键词系,几乎就是我们一生涡轮下涌动不息的"急流勇退"的命运。经验是从日常生活中累积的记忆,就像一棵树,年轻时笔直地向上生长,随着年岁增长,树上有了鸟巢,有了撑开树枝的伞状冠顶。经验是我们身体中收藏的矿产,可以绵延于时间的任何一条路上。利用我们的经验,为我们的人生服务,则需要信仰。什么是终身的信仰?我以为,既然经验是身体中的矿产,那信仰就是我们终身追索的所爱。早安,我身体中的冬春之秘笈!早安,亲爱的生活!

  刚走完路,坐在夜幕下的石头上写一段文字。脚是需要走路的,血液是需要循环的。因此,寂静是需要人去享受的。在走路的时候,在血液循环的时候,寂静在绽放的花蕾中,在蚂蚁们顶着烈日、寒冷迁移的路上,在仰头垂下眼帘时看见尘埃的时刻……寂静无所不在,在你的历史中覆盖着你的痕迹。夜幕下的寂静与孤独不一样。寂静就像清冷的雪、酒杯上的唇色,而孤独是智者的魔戒。

  天色很亮,日子很长,我们怎样面对生活?总有一种生活属于更虚无的境遇，一年又一年，一日复一日，老唱片很旧，沙哑的声音仍在萦绕，可它若隐若现，如同菜刀在磨石上摩擦。新唱片发出金属音色，无比虚假。古老的时间幻象，让你放不下那些燃烧的烟花。

诗歌是从人类的所有经验中上升的心灵史记，是记录哀愁、痛苦、寂寞、孤独等日常生活体系的版块。诗歌是一条古老记忆的长河。当我学会分行写作诗歌时，实际上是在复制来自记忆的经验，那些从幽暗中跃出的闪现精灵梦幻的长廊，奔向我们的宇宙。其中，我们要靠近离我们身体最近的那条河流。在你的出生地一定有一条光焰斑斓的充满了银器撞击的河流，从小河到江流到海洋。对于我来说，在我的膝盖骨下就是金沙江，这是我出生后看见的诗。在成长的路上，你一定会发现宇宙是多么幽香，有铜色的栅栏、金色虎豹的皮毛，有万能的烟花在尘埃中升腾；在你的诗歌中，有人在荒原搭起了帐篷等待着你；在你的一生中，遇到任何人、任何事，都是在历现诗歌的语境。

你好，晨曦，每天我们都见面。是你让我从黑暗的深渊中走出来，你与黑暗，有不同的景观。黑暗将我推向了晨曦，你的蓝天白云，安抚无数地球人的目光——无论是庄稼人，还是隐秘的形而上的虚无主义者，都需要你的光泽滋养。每天，对于我来说，都是一个新的开始。想起了往昔在百货商店里用尺子买蓝花布的场景，那是在滇西县城，我站在柜台前。小县城来了一对年轻的上海裁缝，听说他们是为情而私奔过来的。那是我看见的第一对私奔者。他们后来进入了我的小说。而那时，我们这些青春绽放的女子，总是从百货商店买花布，看着售货员用尺子量布，很有趣。那一年，我在县城穿上了上海裁缝为我缝制的一条橘红色的喇叭裤。再后来，我写下了长篇小说《县城》，在20世纪90年代由人民文学出版社公开出版。历史对于个体，不仅是记忆，也是裁剪术和尺度上的时间。

昆明今天的云图（朋友拍的），真的变幻无穷啊！写作和人生就像云图，在悄无声息中已经改变了初衷。无论是蓝色还是黄色，都是我的最爱。

我们的一生不可复制，也不可能定格在某年某月某天某刻。她的衣饰、容颜、步履、语调，终有一天都会落伍。就像人的差异性，男人和女人的，女人和女人的——正因为存在着意识的矛盾，才会产生冲突。你看见过庆典时焰火由缤纷多彩倏然间涣散的场景吗？你看见过恋人面对面亲自筑起的壁垒吗？你听见过一条小河淌水的声音吗？你书写过的一个词同样会背叛你，你承诺过的誓言同样会像披肩滑落在地上……临近春天的夜幕下，她又走回了房间。夜晚，她突然想起翻山越岭的那个部落民族的祖先，她曾在火塘边聆听过他千年迁移时的歌声，那个老人坐在水塘边，有一张青铜色的面孔……她在那个黄昏，几乎忘却了自己、场景、风俗、人物，苦役的心，超越了繁花嫩叶，从尘埃落定中再次重生。记忆犹新，是因为让我们战栗过的火焰或尘土都融为了一体。

倦鸟归巢，是常规。万物是如此茂密，我们所纠结的，在语言之外，只是微小一尘，而在语言深处，却是激荡起伏的深渊。每一个写作者，都必须有一个巨大的深渊。他们在深渊中看见了蓝天，也看见了从深渊中生长的语词。

自由是蓝色的，像一个蓝色的花瓶，只要你愿意，就可以插上黄色的、绿色的、白色的、红色的花朵和植物！

远方，是唯美主义者的版图。我们需要放一放那些让我们喘不过气来的焦虑。语言也是如此，它在触碰中带着质疑，然而，这正是我们寻找唯美主义的序曲。早年听巴赫的古典音乐，沉迷于唯美幻影，看不到我们身体中的沉疴，也感受不到疼痛的疾驰。而现在，我们仍如此，保持这唯美的倾向——时间之腹地的生活。就像山冈上的土著民族管理好自己栅栏中的日常生活，在人与动物的空间，有戒律中的自由，有自由中的孤独，有自由中的夜幕，有自由中的诗学，有自由中的唯美。不错，有可能我们是最后的唯美主义者，将为此付出追索唯美的代价。

为了明天早起，是不能熬夜的，于是让自己躺下来，书，翻几页，一些文字就像波澜一样过去，一些人的存在是你今世的梦呓。在夜里，卸下全部东西，包括唇色、伪装、隐喻——漆黑的夜晚，月光很皎洁！梦，就是万顷麦浪，卷起你的行李、你的身体朝前走。又像时间不再流逝，守候着你。熬夜是不可能的。我是世间起得最早的那个人。鸟未啼鸣，我就起床了。宝贝！这就是你合上帷幕的时间吗？

启迪我的，不是喜悦，而是时间的变幻无穷。在每个时刻，人内心的怯懦和羞愧，以及面对自我时的空茫——所有这些都是飘曳的哀歌，剥开向日葵子和因饱满成熟而绽裂的石榴。

早晨总是最好的，保持好一天中最好的情绪用于写作，无疑是取悦自己灵魂的最好礼物。这悄无声息的寂静啊，我在其中游荡，还有你——我所挚爱的这个世界，你仍带着我逃离到语言的城堡，从这座古堡所散发的气息，就像落满灰的乐器，我喜欢嗅到灰尘的味道，里边有带有剧毒的野生蘑菇，门前有疯狂的石榴树，还有河流在流淌。你好，我亲爱的邻居，我对面露台上放鸽子的美少年！你好，我远隔千山万水的恋曲！你好，我亲爱的母语！

隐蔽的空间，是获得自由最好的生活方式。在喧嚣人群中，聒噪的声音早已湮灭了你的足迹，心律随大众起舞。倘若你一个人在房间或路上，你获得的是全身心的自由，但得到自由者，必须承载月光的清冷，寒瑟中一只鸟掠过树叶的声音。最高级的自由，总是要在惊悚破开的夹缝中穿越出去，打开了通往星际的另一条被星光照耀的道路。

是的，任何情绪都是诗歌的涌穴，就看你能不能准确地记录。冲动，是写作的原始造血功能，没有冲动的写作只有骨头，没有血肉。我可以看见你吗？你可以看见我吗？

诵完经，安静的又一天开始了。写作是宿居，将我们的行李——身与灵宿居在房间里。其实，经过语言演变，我们一直在游离迁徙，就像一个古老的游离部落，在战乱中寻找水源、耕地，发现自己同样可以像众鸟一样歌唱，像草木花朵一样绽放、凋亡。写作，就是宿居，将我们的行李——灵与肉寄宿于一个又一个领地、版图或内陆。在隐身中，获得百鸟飞翔图，游离在一双双翅翼下，为饥饿，为灵魂，为苦役或爱，为那个语言中的自己，而隐身于一间房子。

点上灯，再续后事。梦中人，总是在灯光中相遇！

火柴盒又来到了手上

　　安静就是坐下来，坐在椅子或石凳上。每个人都生活在自己的身份中，没有身份的人生，说明自己只是羽毛纷飞，没有长出肉体，也没有翅膀。让自己寄放在身份中——时间以分秒流逝，再现昔日的记忆，而语言是这个世间可以倒流的时光，又可以承载未来可待的秘境。走上这条道路者，都在与来自各方的灵魂相遇。

　　向往，实际上是一种逃离。人类是另一种猛兽的综合体，他们时刻在流亡、搏斗中生存。人类的所有历史都离不开逃亡——除了战乱中的流离失所。在文明的高科技时代的逃离看不到血腥、硝烟，却是由无数虚无之境开始的流亡。当人心开始向往的时刻，一条路上就充满了个人主义者的幻想。没有幻想，生命靠什么活下去？幻想，就是执迷不悟；就是哪怕失败，也要去看那些看不见的风景。

　　从早晨到下午，光速的变迁肯定快于我们的灵魂。我们找到适度的节奏了吗？在房间里已经生活了很久很久，但弗吉尼亚·伍尔夫说过的话——如果女人要写作的话，一定要有一间自己的房子、一笔固定的薪水，仍是经典名言。她唤醒了我们从青春年少时就追索的写作之路。缺少这两者，我们的写作或许中途就夭折了。清醒的写作者，必须有无数闲散的时光与自己独自相处，这是基本的常识。随同岁月增长，人间不再是万花筒，但对于写作者来说，无数时光累积的经验和记忆比幼年时手中的万花筒更丰富多彩。每一个写作者，都是魔法师，将自己记忆和想象中的历程准确地呈现在语言之上。如同在云南的山水物记中，我们刚告别了一座村寨，却又爬上了一座山冈，并惊喜地发现澜沧江就在山冈下开始转弯。怒江大峡谷，像碧空下的一匹巨绸，骄傲地带着它的水中精灵们去征服不可穷尽的时间……

选择，很重要。我选择晨曦未露时诵经，这时，天幕即将揭开，万物复苏。我选择阳光越过山峦地平线在窗户上绽放出鹅黄的光泽时，坐下来写作，此时此刻，有无限的汉语激荡起我沉寂的肉身。你好，亲爱的灵魂，有你相伴的日子，世界安静如斯，不缺少波涛汹涌。

日子总是有限的，又是黄昏。值得人用心做的事就一两件，望着夜幕下的城市，我们用不着有多强大。你看见过最微不足道的蚁族能在山冈上垒建一座城堡吗？我们就是最柔软的躯体，只有具有痛楚的灵魂才能修建好自己的居所。满眸的夜空多么浩瀚，只要有一颗星星与你的眼睛相遇就足够了。

……………

还有什么是纠结的？死亡求证于生者的
旅途。求证于无穷无尽的灯光和黑暗

火柴盒又来到了手上，这海上的帆船
跃上岸。陆地，像梦中的景物绚丽多姿

想象中的豹子有多勇猛？望着一片丛林
倘若穿上盔甲，来到硝烟弥漫的战场

我会成为你的战俘吗？在低矮的云层下
我脸上有黑色烟尘，脚下却是芳草起伏

恳请你，忘记我曾是你的战俘，让我返回
大地，像蓝色鸢尾花盘桓在自己的领地

  昨天，祖国版图上最原始的佤族部落翁丁寨消失了。我曾数次去访问这座从深蓝色天幕跃出的村寨，人畜共居的村寨，土路中镶嵌着石头，完全的干栏式建筑曾多次出现在我的诗句中。走在其中，有牛羊粪的味道，有织布机发出的声音，有古老的祭祀声和神咒声弥漫于半空中。我曾感叹，或许这就是地球上最古老的部落原乡了。许多次，我沿着小路去看干栏式建筑中的家禽家畜，第一层是牛羊猪厩，第二层是仓房、婚房、儿女房、老人房，第三层是神住的地方。我沿着木梯上去，老人们脸上的皱纹像树皮，年轻的男子女人有古铜色的皮肤，他们沿袭了祖先的习俗，会祭祀河流山川，每个男女都有天籁般的嗓音。我曾喝过他们酿制的米酒，倾听过他们像磁石般诱人的情歌。多年以前，我看他们织布恋爱，看他们牧羊，看他们祭祀祖先，同他们一起纵情饮酒。我也曾在这座寨子里醉过，穿着曳地长裙，睡在他们的寨子里，早晨醒来，看见巨雾涌进房间，整座翁丁寨犹如天堂般静美。而此刻，忧伤袭来，人类最美好的人文景致构成了我们的记忆。这是一个噩梦，翁丁寨消失了，在一场大火中消失了。

在我的身体中有黑夜的一部分，它们带着我的书，去到更遥远的地方。在那里，我是自由的，但只有囚禁的灵魂才能准确地表达自由的思想。

我们所有的惊喜，都来自个人的发现。这是一部与自我结盟产生的时间简史。每一天，表面上是在重复昨日的习惯、生活方式，事实又是怎样呢？每一滴墨迹融入宣纸都是在表达今天的情绪，而不是过去的回忆。当然了，艺术而诗意的情绪永远充斥着时光蕴藏在我们身体中的幻影，昨天的风铃声变成了今日的回忆。艺术和写作之所以忧伤和孤独，是因为我们要越过阴郁的暗夜，才能发现惊奇的存在。守住自我，其实就是探索那个正在被你创造的惊喜——去吧，去吧，那些让你窒息的美意在等待着你。

一天又过去了，多数时光都是在享受自己的存在。逐渐沉静下来的节日之后，是享受春天的降临。享受，是我们历经人生的主题，一个人享受自己的孤独，就能找到语言；一个人享受自己的物质生活，就能省下一口水或粮食给荒野和小鸟；一个人享受自己的爱，它是从内心升起来的情感。爱的多样性和扑朔迷离就是一个小世界。一个人享受夜晚和白昼，是为了告诉自己，活着，需要干干净净地浴身，从而融入你每天变幻无穷的繁芜和存在中。只有享受时间的人，才能品尝咀嚼，区别真伪，接受美的礼赞。

能够在黑暗中飞回鸟巢的
那幸福的黑暗，幸福中的看不见的黑暗
那幸福的翅膀啊，请唤醒我
在明天黎明前夕，带着幸福的黑暗去拥抱你

昆明湿地公园的早春，我舍不得走出房间，我舍不得那些诱引我的书籍、未写完的句子，所以只想待在房间里。这个假期，我以陪伴母亲的名义，待在房间里，真好！我有天生的享受孤独的情趣，这是从热爱上语言后就培植了的能力。这些天，是我最幸福的时光，我在房间里行走，一个词语涌上来，夜幕上闪烁着烟花……我看见烟花逝去……时光犹如这些从尘世盛放的花冠，有生有灭。置身于房间里，仿佛拥有了全世界，因为孤独者可以飞翔于尘世之上，也能穿上合脚的鞋子，去赴自己所爱的约。此情永驻,永不流逝——在自己的房间里,孤独者同样能漫游于人世间的秘密花园。

临近年夜,便忆起往昔的许多时光。劈开的柴火在火炉中燃烧,在那个还没有电气化厨具的时代,坐在火炉边焖饭,闻着豆焖饭在锅里逐渐变熟的香味……多缓慢啊!那些取自柴火井水油盐的简单生活,那些总是饥饿的感觉,那些怦然心动的幻觉……亲爱的生活,你给予我们的简约朴素的生活,那些幻觉中突然扑面而来的蜻蜓或蝴蝶,让我们大声尖叫后追逐而去,试图飞出去的小野兽般的欢乐到哪里去了?

有些人忘了,有些事也已忽略了,有些书反反复复在不同的时间里诱引你。一本本书,就是诱人的历史。你写下的文字,百年以后,几个世纪以后,还会召唤另一个空间、另一个星际的人的灵魂吗?

小时候,过年最期待的就是穿新衣服了。因为只有除夕夜才有新衣服穿。供销社有花布咔叽布卖,只要有机会,我就会踮着脚尖伸出手去摸摸布。那些用尺子量布的售货员,就像是我们的偶像,她们站在一匹匹的花布前,就像女王一样骄傲地看我们一眼,因为她们有尺子。在计划经济时代需要布票粮票,人们掌握着票据,就像掌握着贫瘠山川中的物质生活。除夕夜,母亲会从缝纫店带回给我们的新衣服,要让我们穿上新衣服才能吃年夜饭。多么隆重的仪式啊!从头到脚都是新一年的味道!我们在院子里,脚踢着用鸡毛做成的毽子,跳绳子舞,趴在水井栏前照镜子,用花朵染红指甲。除夕终于到来了，父亲扛着金沙江岸上的甘蔗回来了。每个人都穿上了新衣服，辞旧迎新，新桃换旧符的仪式开始了。直到如今，我仍然能嗅到新衣服上染料的味道。火炉上炖着鸡汤，门上贴着红色的对联，甘蔗立在门口，父亲开始放鞭炮了，我们吓得用双手蒙住耳朵，躲到墙角，于是，除夕夜降临了……

下了三天的雨，翻书写作，陪伴母亲。淅淅沥沥的雨，让人安静。诗歌《魔法师》正在写作中，语言让人情不自禁地沦陷。帕斯卡在《思想录》中曾写道：人类不快乐的唯一原因，是他们不知道如何安静地待在房间里。

那么，写作者快乐吗？持久的写作需要自律。除此之外，是你的身体与语言培植已久的亲密关系。

生活与写作的关系，仪式与风物的关系——我们待在原地，守候着那些缠绵的延伸于时间中的点点滴滴，就像柑橘包着一瓣瓣的果肉。以个人的名义，向生活、写作和我爱的人致意。

我们的人世，悬浮于声音之上吗？这一刻，我有从未有过的安静。雨后的城市，仿佛变得很松弛，血管是殷红的，红色是生命的本色。落日是赤色的，培植我们的语言就在这些色泽中凝固。每个人都有一块领地，就像古老的土著民族，以守望水土为生，我们同样要安于内心。

虚无缥缈，但无须考究，它是人生最轻柔的幻境。但每一次虚无，都有根须，比如，音乐的虚无来自乐器键盘，手一弹拨，顷刻间，你向往流水，就已经在水里泅渡；你想拎起箱子，就有了力量；你想忘却疼痛，就能长出翅膀；你想谈情说爱，闪电般的磁力就已经追逐你的身体……虚无缥缈，是从尘世上升的光轮，它载着肉身，去寻找宇宙万物的原形。最伟大的虚无，就是为了找到自己的原乡。

女人们，无论写作还是生活，都是在寻找另一个自我。那个在房间里写作的我，是私密的。语言消磨着她们的光阴，无论是沐浴、穿衣、面对镜子、翻过书页，还是在词条中沉迷，都是一场救赎。而她们来到屋外，人世诡异变幻，所有一切都需要坚守尺度，保持自己的立场。云朵飘忽过来了，风吹麦浪，穿裙子的女人们，女诗人们，今天有好天气，有润物之语，这已经足够让我们礼赞生命。

女人的喜新厌旧较之男性更为强烈，也更为形而上。所以，女人的衣服永远不够穿，衣柜中永远缺少那一件梦想中的衣服，所以，女人天天都梦想穿上新衣服——这是一种更为脆弱而又虚幻的努力。她们力图找到另一个自我，而衣饰只是一部分。女性的成长漫长而又艰辛，她们永远都在为自己的理想主义而付出代价，但她们的内心却永远不舍昼夜地追索，就像穿着人类发明的各种裙子在独自跳舞。有创造力的女人，其实同样是另一种孤独的角斗士。她们不与社会斗，而是对自己的四肢、灵魂拷问地斗。花瓣似的女性，满树绽放，凋亡后仍然在独立地等待或守望，或者逃亡——永不妥协的柔韧就像水一样畅流。

喜欢布拉德·皮特的眼神。生命的眼神千千万万，无以计数，但有一种眼神会穿透你的时间体系。中午的阳光炫耀着春风，而我则沉迷于那些幽暗的词语……

诗歌的诱惑，在于词语，一个词语就可以让你又开始了在茫茫无际的写作中长旅。本来不写诗歌了，要写长篇，但《水之赋》这个题目将我重新拉入另一组诗歌的写作。水，天之水，人间水，除了润生万物万灵，同时也载来千万艘帆船、千山万水的人间众相。诗，太诱人。它将人的灵魂载入母语之下，让你成为奴隶或飞翔的天使。

燃情岁月之后的时光，犹如帷幕落下去，敞开的是窗户外的星空！

在无尽的人群中寻找到黎明升起的曙光，在无尽的苍茫中感受到一双翅膀引领你向上飞翔。仅仅这些，已让我踏上尘埃，奔向燕子筑巢的西南之隅。

因为有春天，今天所有的妇女都在互祝节日快乐。遇见这一幕幕繁花似锦时，心生喜悦，忍不住驻留。所有女性天生都喜欢绚丽、绽放，但所有桃花源都只是一种幻境，因为花总是要凋亡的。只有水，注入江流的水，永不停留，便想起了水生水；只有白云悠远不尽，便想起了云生云；只有语言变幻无穷，便想起了词生词；只有酒具有干杯时炫幻的功能，便想起了幻生幻；只有内心的信仰让你觉醒，便想起了悟生悟……泥生泥，水生水，灵生灵，花生花，爱生爱，物生物。所有这一切都是我们辗转人世间的秘密。

我所有的女性经验，都来自人间，来自裙子下尘土飞扬的大地。时间中的我，游弋于她们之间；我所有的过往，都是我身体中的历史，语言中的语言；我所有的爱，途经了千山万水的疆域，正是我的云南，使我有了语境下世间万物的原貌。

人类制造垃圾的能力无比强大，为什么动植物不需要垃圾桶？因为它们落下的皮毛、粪便和枯萎的枝叶都被大地所氧化了，所以空气中动植物的气味充满了它们独立的篇章。而人的味道，总是强烈地带着占有者或侵犯者的贪婪。每个人出生之后，要制造多少吨垃圾？如果没有垃圾桶、垃圾分解站，那么，个体生命如何跟自己生产的垃圾相处？

在《青云街四号》与王医生等候好朋友从远方来，今晚我们将喝红酒。在王医生的诊所虚构出了《现代逃亡录》这部长篇小说。有时候，一个人就想神秘地消失……这就是这篇小说的主题，然而，我们将逃亡到哪里去？

你无法说清楚的东西，其实就是我们真实的人生。如果语言能精确地记录这种无法说清楚的情绪——那么，我们就会看见灯塔那边住着什么人。往前走，就能遇到你生命中必须经历的事件，那些无法说清楚的规则，倒映着栅栏和影子；那些无法说清楚的爱，是我们的迷离之途；那些无法说清楚的眩晕，使我们错过了一趟列车；那些无法说清楚的脆弱，让我们上了最后一班地铁；那些无法说清楚的梦，让我们睁开了眼睛。

无法说清楚的东西

有时候，人，一个人，就想从这个世界上神秘地消失——我想，这一定是我下部长篇小说的主题。在网络时代，人将逃往何处？"现代逃亡录"，就叫这个题目吧！我们从哪里来已经不重要，到何处去才是我们所追索的话题。逃吧，逃进谷仓、酒窖、海洋孤岛，逃吧，从人群逃到人群，从阁楼逃到沙漠，从纸质书逃到禁欲之城，从废弃的诺言逃到神写下的痕迹。让我们逃吧，从死亡逃到重生，从花瓶逃到荒野，从文明世界逃到原始社会，从语言逃到语言……

所有日子都是一种持久的面对自己所折射的光芒。从早晨五点到此刻，时间过得太快，好像只转了一下身，阳光就从树枝移到瓦蓝色的半空中去了。颓靡之音不适合这个午后，所以，我要挪动位置，像那些穿着土布裙日复一日地坐在家门口绣花的妇女，能让绣布上的鸟飞起来。而我自己，则期待语言中的沟渠有水循环，词条中的每次风吹草动都意味着我在生活。

你好，忧伤！这是贯穿我生命体系的伴侣。如果没有忧伤，我无法写出任何语言。忧伤并不全是灰暗色，更多的忧伤像云朵变幻无穷。忧伤中，有大片的红色，像血液织出的河床；忧伤中有紫色，像恋人絮语随风而逝；忧伤中有冰冷的石灰色，住着我的躯体和灵魂。

只需要一场好睡眠，哪怕整个世界下陷，我也能寻找到新的牧场！

看见这一群幸福的女人，哪怕是一个特定场景中的幸福，都会萦绕你。雪那么白，披毡那么温暖，裙子上是她们手工绣出的花朵，蓝天白云那么悠远，苦难被她们拒之门外，或者已经随风而逝。

云南画家邵天稳突然发给我一幅油画，是我吗？是的，那一年，我跟几个朋友到了他的太阳谷。感谢他记忆中的我。这是属于云南东川的背景，土地是红色的，花是红色的，我的挎包、衣服也是红色的。

美丽的妇女，无论在何乡何壤，都有一种活法。她们是女人，也是花木，与男人们是完全背离的，永远是用其柔软之习性守望自己的绽放或凋亡。

《掠过》是一首孤傲的诗歌漫记，是 21 世纪滑过地平线的弧光，也是一道闪电般的警戒线、一次顿足和回首。纵横于此，我们的生命不过是一次短暂而永恒的《掠过》——惊鸿一瞥，如天籁，缠绕不尽，终将成为你插上羽翼的回忆录。这是一个飞翔的时代，故以此《掠过》铸就永恒。

互联网下的一切都意味着删除，只有手写的痕迹会变成化石。怀念手写的情书、邮票、信件，怀念美少年拙笨的声音、羞涩的幻念。所有一切都在变，互联网删除了我们内心的距离，同时删除了黑暗之下的真颜。这是一个疾驰的时代，唯有心灵可以保存记忆。

我要找回我的荒野——这个属于命运中的版图，我失去的是在荒野之中为幻境而产生的原始之魔戒。我要用余生，回到原初最拙笨的手艺时代，回到星星闪烁的夜晚。

又想起了看《燃情岁月》的时光，在房间里，可以喝完一瓶红酒的20世纪90年代——独自一人看完了那个时代最好看的电影，喝完酒后，就去睡觉。真好啊，这部电影看了好几遍！还有《走出非洲》《印度支那》《情人》等电影，每一次看都要热泪盈眶，每一次都要迷醉，在巨大的颓废中追求着虚无和唯美。好吧，夜幕很漆黑，人生很炫幻。

只感觉到天黑以后，孤独是自己的，就像内衣贴在肌肤之上——消磨人生最好的方式，就是守住孤独，与它嬉戏，消遣人世间的所有存在。夜幕深邃无穷，只有此刻，我们安静如婴儿，放弃了无数荒谬绝伦的谋略。一间房子，已足够让我躺下去，如波澜去到遥远的海洋。

阳光灿烂的一天，所有的光阴之美，属于那些在任何天气中都能聆听到来自内心召唤的人。无论是多么大的庆典，失去内心的速度和自由，就像失去了你发丝的颜色、嘴唇和牙齿……有时候，从一道闪开的帷幕上突然看见天穹，仿佛就看见了宇宙。内心的涌动，同样是一个人的庆典。

重读艾略特的《荒原》。第一次阅读是在20世纪80年代末期。《荒原》《四个四重奏》无疑是对我诗歌写作最有影响力的作品——在鲁迅文学院的宿舍里，我跟同屋背对背地写作、读书。那个时代的阅读，如此专注和细腻，房间里有白炽灯泡，找到一本好书，就像获得了一次神秘的馈赠。而此刻又读到了这些句子：

>家是出发的地方。随着我们年龄增长
>世界变得陌生，死与生的模式
>变得更复杂。不是孤立的
>没有之前和之后的激情时刻
>而是每一刻都在燃烧的一生时光
>不只是一个人的一生时光
>而是无法辨认的古老墓碑的一生
>有一些时光给星光下的晚上
>有一些时光给灯光下的晚上

亲爱的米兰·昆德拉如期降临，正如他所言："一段时间以来，小溪、夜莺、草地上的小径已经在人的头脑消失了……当大自然明天在地球上消失时，谁还能觉察到……伟大的诗人今安在？他们消失了，还是他们的声音已经听不见了……"

有些书，正待你去销魂，不同译本，让你忍不住不断收藏,拆开,嗅出纸浆味道。读书,已经是这个时代有些奢侈的生活。

好诗句是突如其来的,越是安静时,它来得越自然,其速度温柔,就像你刚喝了一杯不热不凉的水……尽管如此,在之前你必经历了血与火的涅槃,遇到了天与地的辽阔,你学会了闭目养神,睁开双眼,风来了,吹绿了枝叶,鸟又啼鸣了,天地又亮了,提着灯笼的夜行人经过了你身边。

建筑就像一部作品,总是令人去想象它的未来。虽然,未来事不可说。人,占用了房间,使用了房间,然后拥有了气息。如果没有人去栖息于建筑,任何伟大的建筑都会沦陷于废弃,这是最终的命运,而唯有人可以让建筑敞开内在的结构,也只有人可以与建筑长久地厮守。

喧哗或寂静两种现象,就像白酒和葡萄酒两种味道——人不能在同一种现象中生活很长时间,也不能总是喝同一种酒。但我想起最喜欢的一种喧哗声,那是在高黎贡山,我听见几万只鸟的啼鸣,它们一如既往地栖在树林枝干冠顶,你在树下听不到任何声音……这是众鸟在议事或者在开音乐会。关于寂静,是我的伴侣,因此它可以从陆地上来,也可以从水上来,可以从泥沙中来,也可以从煤炭的燃烧中来……只要你内心寂静,任何人潮汹涌深处都有寂静,还有白酒和葡萄酒的味道,它来到不同的酒杯里,你举杯时,跟身后的背景有密切关系,你品出的酒味跟与你干杯的人有关。但真正的酒味,被你刻骨铭心地铭记——跟你所置身的环境和时间有关,跟你的故事揭开的那些不可说或可说的语言有关。

　　写作完全是在熬时光,没有饱受时间之漫长幽暗者,最好远离写作。写作在熬你的容颜,要有绽放到骨子里的绚烂,也要有剥离出去的一座荒原。写作在熬你的孤独感,你拥有的孤独之路越漫长,你的写作之路越绵延不尽。写作也在熬你的词语,你身体中置入多少词语,就有多少奇妙的结构,无论是诗歌小说都需要无穷无尽的词语,还需要你有无数煎熬的岁月。

　　自由是蓝色,像一个蓝色的花瓶,只要你愿意,就可以插上黄色的、绿色的、白色的、红色的花朵和植物!

　　远方,是唯美主义者的版图。我们需要放一放那些让人喘不过气来的焦虑症。语言也如此,它的触碰中带着质疑,然而,这正是我们寻找唯美主义的序曲,早年听巴赫的古典音乐,沉迷于唯美幻影,看不到我们身体中的沉疴,也感受不到疼痛的疾驰。而现在,我们仍如此,保持这唯美的询问于——时间之腹地的生活。就像山冈上的土著民族管理好自己栅栏中的日常生活,在人与动物的空间,有戒律中的自由,有自由中的孤独,有自由中的夜幕,有自由中的诗学,有自由中的唯美。不错,有可能我们是最后的唯美主义者,将为此付出追索唯美的代价。

　　一本新书,翻开,语言来自蔚蓝色的历史,一部关于地球海洋与时间的波涛声的书。喜欢奇书,就像沉迷于自己连接的语境。安静地归来,安静地出入——维护好一个人的心境,修复，疗伤，带着尘埃味，与我安居于世间。又一天过去了，生命特质时隐时现，最终在幻境的版图中远行。

当书被拿到手中，温度接近地热和天籁——此生有书陪伴者，一生喜乐。你好，书籍之光，人间最大的乐符，最永恒的词系，最蔚蓝的宇宙之光。倘若爱自己，就珍惜一本本破开世境之谜的大书。倘若你是著书者，就心藏锦绣，为生命中的你，为梦想中的遭遇，写一本独立恒久的大书。

伸出手臂，并非索取、捆绑或览胜，而是在高低起伏的云层下，与自我秘密厮守——这是我个人简史中的规则。而语言，成了嘴唇吐露的生命所向。它冰冷而热烈——这就是我的词语中的属性。

下半夜更安静了，接近黎明，万物都渐次苏醒，成了自己。

唯有安静，可以惊动灵魂之躯，这个葱绿色的夜晚，天穹为每个生命体系保留了通向梦境的时空隧道。我需要绿色，它来了，在耳边摇曳，如引渡者，听见了我的私语。

从今天开始，继续阅读书籍，让浮世间有我的踪迹。从今天开始，与汉语亲密厮守，拒绝来自噪声的污染。从今天开始，重又享受寂寥无几的个人生活。从今天开始，与鲜花、云朵、尘世、语境深情约会。

金佛山，我们迎着雾露行走，宛如穿越星际。凛冽的石灰岩，上升起一座巨大的穹顶。生命如此渺茫。

熟悉又陌生的语境，生命的最后一把钥匙，带着我开始彷徨，有更遥远的深不可测的方向等着我去选择。

这辆拖拉机，给予了我怀旧时代的想象力，只是它仍然低调地立在农耕年华的山冈一隅。我们的所有历史舞台，总是充满了尘世之味，我又嗅到了四野樱桃的酸甜味。味觉和感官所遭遇的历史，浮世万物，瞬间即逝。好吧，各自安好，这就是世间万物的现状和意念。

我不可能走得太快，也不可能走得太慢。热爱语词是我的日常生活。走得太快的时间，我们就保持想象的距离吧；走得太慢的时间，我们同样绵延出了尺度。狂野需要尺度，自由和独立同样需要尺度，但这些尺度都不是用钢铁塑料模型造出来的，而是由灵息飘忽所制约和延伸的。

蓝色给予我内陆，这鸢尾花式的蓝，让我绵延不绝于俗世之忧。红色战胜了悲伤，我找回了自我，那海洋般的安详。黑夜催促我早起，迎接黎明，曙色拉近了我与时间的距离，也会产生无穷无尽的辽阔幽远。一个人，怯懦而又独立，往前走，遇到上千灯火，神曲弥漫的台阶，就像但丁遇到了永恒的女性，我遇到了我，一个人想在时间中沉迷的人，神曲弥漫，首先要遇到自我，爱上冰冷而热烈的时间之宿命。从今天开始，我会遇上另一个我，不再忧心于他人的牢狱。在人间行走，最需要掌握的是距离，遥遥无期的，近在眼前的距离，有浩瀚的宇宙之谜。

蓝色是自由的

  我们的身体,如能跃起,就变幻成树林中的小兽和精灵;如能静卧于岩石,就能成为时间花纹;如能沉默于语言的阁楼,就幻化成从天窗飞越宇宙的鸟;如能在尘埃深处行走,就能像一群蚂蚁般在雷雨前迁移回到洞穴;如能面对玫瑰,就能成为荆棘之上的花冠;如能掠过水雾,就能像白鹭一样食草芽飞翔于波澜上;如能遇见你,就能打开又一个篇章,让灵魂羞涩无语,爱上你的身体和灵域之地。

  不眠夜,有其香,漂泊而独立。因怒放而凋亡再生。

  我们终将被黑暗吞咽而下,而所有黑夜都是为了礼赞光明降临的前奏曲。花色弥漫,暗香浮动。这就是人生的迷离。

  阳光那么好,我们活着,好好活着
  这件事,是尘埃中的胚芽,是我向你递增的
  时光。等着我吧,天顶上的蓝瓦
  大池中的鱼鹰,村寨中的谷物

等着我吧，咏春调，匠心独运的母语

今天万物生长，语言贯穿时间本源，我们仍然出发去寻找燕雀的飞翔，草根人的命运。水渊蔚蓝，樱桃红染色了万灵之唇。

亲爱的朋友们，看一眼我吧，在高原，我美丽吗？有没有听见手扶拖拉机履带的轰鸣声？有没有看见我头顶上的蓝天白云？有没有嗅到旁边草垛的稻草香味？有没有感受到西南边陲的人间气息？

我们使用眼睛，是为了与时间相遇，无论是幽暗还是光泽，都充满了传奇。诗人生活在其中，使用语词遇到时间轨迹中辗转不休的世态。你好，枕木或铁轨的爱情。

百年前的滇越铁路阳宗海之站——每次遇见这条铁路，铁锈色便扑面而来。这条法国人修建的铁路，有太多时间的哀歌，如今它依然以枕木铁轨错落于眼帘下，万般思绪剥离游移。我们驻留此地，走了很远，彷徨而又忧伤。

今夜，我喜欢这空茫世态
只有孤寂的水鸟飞往更寒冷的冰川
在那里，无所求，无所栖，无时间痕迹

阳宗海，二战时期飞虎队曾经的疗养地——时间诞生了一片废墟，身后蓝天碧云，阳宗海清澈见底。战争结束了，天地万物安静如斯，我们这些采风队员踏着荆棘小路，寻找着飞虎队队员的踪影。再也见不到曾经在此疗伤的飞虎队队员们生死未卜的幻影。时间造就了废弃的遗址，唯有白云朵朵、万里碧云可以忧伤地追忆历史。

一个上午，好安静。掩上门，唯有独处，你才会感受到天上的云彩变幻出了橙蓝色，又去寻找今世之旅的伴侣了。地上的光影来来去去，尘世如此炫迷……

所有的节令仪式，都是为了复苏生死的记忆。时间让人的身体漠然冰冷或焦灼不安，这时候，仪式来了，它让你回到出生地，回到人间或尘埃。最伟大经典朴素的仪典，就是要让我们回到人本身的问题，回到熔炼、赎罪的过程中。让我们像大地的万物一样复苏吧，回到良知或智者的世态，回到教养和诗歌般的幻境之中，找回那些古老的源头，找回我们自己生而为人的品质和精神的境遇。

各种本源——每一个存在都有语言，它沉默似水，就成了柔软晶莹的水，越过版图，最终抵达江流或大海。它沉默如金，就有无穷的矿产，以错落坚硬的方式，离开俗世，孤寂地活在它无穷无尽的耸立起伏之下。语言，多么美，要么怒放，要么凋亡，要么跨越时空。

樱花盛放的时节将消失，就像浮光掠影带走了所谓的繁华。需要更深沉的呼吸去热爱尘埃落定的人世，需要更独立的自由去发现更孤寂的语言。

蜘蛛织网似的时间，亲爱的时间，你是监狱，也是通往自由的唯一途径。在同一时间中，我们生活在各自的隐秘空间里，鸟刚从窗外飞逝，目光永远追不上一只鸟的速度。生命的局限，让我们垂下头来，安心地织网。向一只蜘蛛学习，从一根线开始——我们就是那些可以被风吹乱的摇晃的蛛网吗？蛇一样的诡异，泉穴涌出的晶体，让我想起了电影《云图》，它是根据英国1969年出生的小说家大卫·米切尔的小说改编的。这部电影充满了对于生命的追问，爱与生命存在变幻的本源……

想起那些云上的日子，我的生活，与云絮有无法剥离的关系。如果没有万千云图变化，我就寻找不到天与地的辽阔。也许遇到一片云朵，就遇到了我自己的前世。很多时候，只要有云图的地方，我就能找到烟花下的我自己与俗世的亲密接触。云上的日子真好！

安静如斯，可说的或不可说的——需要凭借艺术的修为与自己和谐相处。世界太辽阔，我们只是一滴水，只有融入尘埃，才知晓我们的渺小。

读书，如能从年少开始，将始终伴随你的命运。纸质书太远了，藏在教室的书桌抽屉里，偏爱汉语，疏离了数理化，疏离了黑板、白粉笔、老师的语言。一个人，如能遇到一本完全改变你命运的书，你的旅行箱里、摇篮之上，将始终飘浮着一本又一本书。它们是酒窖，是调酒师，是尘埃之上的幻迷夜幕，是触电般的恋情。如能在年少时遇上一本书，你就能在逃亡的时间长旅中，遇到书中打开的魔戒。我十岁开始了阅读，自此以后，书成了我的蜘蛛侠，我的命运一生都在书中的汉语中沉浮迷离。所以，我自己就是书中的故事和历史。一个人就是一本书。而写书的人，则是魔鬼和天使的合体！

又感受到了什么在召唤，是词语吗？是诗句吗？它在我心中起伏荡漾——我等一个完美的自由，等一个从不忧伤的节令，等一个阳光灿烂的人降临！

在纸上写作，或许是一个人生活中蚕丝般的游离，维系着苍茫的个人时态。她凝视着露台外的蔚蓝，这是最悦眸的光泽——这九个笔记本上的写作，终于告一段落。更虚无的余生，仍需努力接近我内心的语言，它使我接近灰烬的人生，闪现着从冰冷夹缝中移出的一丝丝光亮。

我们总是在不迷失自我中迷失于明天的明天，词语下的黑暗中有淡淡的烟火味，仿佛又让我走进了某座被遗忘的废弃的城堡——我多么需要那里边的棉絮裹紧我。

时间太快，我刚睁开眼，就到了夜晚。白天太短太短，一些词语说清楚了树上的春天，另一些词语仍未表达出水中的青苔为什么那么柔若无骨。是的，时间太快，我们沉迷于时间，却总是遗忘了时间的过去。词语下万蚁都在迁徙后失去了踪迹，而我们如何使用时间？如同使用我们的睫毛挡住灰尘？灰尘落下去了，春天降临了。时间太快，我们并不是为了追赶时间，而是为了在时间中看见鱼儿在水中嬉戏，天空之城忽而是云朵变幻，忽而有信使之翼拍击出旋律。

需要伟大开阔而又神秘的夜幕，掩饰疼痛悲郁，这从来都是写作者所需要的屏障。渺小的蚁族都因为在冰凉而自由的夜幕中放下了逃亡,而获得了短暂的安宁。夜幕很美,很遥远,又近在眼前。

> 待到我消失在茫茫夜海波光中
> 才会真正地遇见。我的宇航员
> ——披着波光粼粼,带着我坠入太空

编辑新诗集《抵达之美》……我们总是想努力抵达,那世间万物万灵的隐身地址。我们的身体在其中尝试着一次次的迷途。抵达,必须出发,必须穿越滚滚热浪和茫茫冰川。在碧云中,必有好天气和舒卷的云梯,这里应该就是天堂。

第四天,《水之赋》完成。在这个燃烧的星球上,我们总是用生命力寻找水的痕迹。那些值得我们安于现状的,一定是用来取悦灵魂的。

新的一天,仍然爱自己。认真地以爱自己的理由——写作。这是生命中任何人或事无法替代的事情。

《水之赋》空茫无边,犹如我的命运浮沉不定,但其中隐藏着不变或巨变的幻象术。写作《水之赋》时,是干燥无雨的春天,云南高原的春天——我只是其中一个隐匿的符号,为了你的灵魂而穿上衣服。

夜幕下,众人都已开始沉入梦乡。她站在窗口,这世界有窗口,是为了划分白与黑的分界线。能够在冰冷的墙壁下看见自己影子的人，一定会感受到时间的过去或未来。而现在是一个谜，有待我们以松鼠们掠过树枝的轻盈、闪电带来暴雨的惊叹——迎接每一个从窗户旁走过的人。

夜幕笼罩，就听见手指拂过书页的声音。最近渴望读书——又像回到了青年时代，热切地想把一本书读完，能够将写作进行下去，对于我来说意味着日复一日地做好三件事：其一，将写作的习惯纳入日常生活，只要做到了这一点，我就找到了喝水的杯子、洗发液、浴室、晾衣竿、调味品、土豆、萝卜的位置；其二，经受得住日常经验和思想的碰撞，寻找到水波扑向沙滩时的归属感，同时承受住生命的轻与重的熔炼；其三，读书，在车上、床上、书房中阅读，用心地读，一个漂流瓶中装着咒语，足可以漫游世界。

可以舍下整个自我，乃至迎着词语的断裂带陪同我的那双翅膀。天空承受着巨大的浩瀚，人温习着自己的卑微和虔诚——以此更用力地在水中洗干净羽毛，或者更深邃地在时间中消失自我。只有消失了自我的人生，另一个生命体才能诞生。

所有东西都需要等待，所有时间也都需要等待，所有微弱的星际密码都需要等待，尽管地球人已经太疲惫，我们仍然需要等待，而且我们已经学会了等待。等待已经是一种生命的需求，只有在等待中被等待的事物以及被你所唤醒的时间，会为你的等待而来。

总有一个地方召唤我，在云端之下的——接近万物生长的地方，终有一天，我在此生活，度过余生。夜，艰难时世，唯有幻梦让我在雨中漫步,感受到心跳加速,活着,是一件事。善待生命,就能找到爱的居所。

苦难具有强大的力量,改变我们的善恶习性,让人,这个大千世界的生命体猛然醒悟,转过身来感受我们与世界的关系,哪怕走到尽头,我们也能从泥浆中感受到爱。爱,是这个世界最永恒的良心和智慧。

静悄悄的个人史

忧心，忧国，忧水，忧词，忧情，忧身，忧灵，忧境，忧命，忧魂……这一切都是我们必经的生命旅途。每个人都在接受考验，书写之语同样在逃亡，接受新的蜕变和创造。

静悄悄的个人史，有时候非常动人，你听不到任何声音，就已经过去了。有时候需要在无数的力量中，才能验证出你到底有多少耐心。人，永远是荒谬的，哪怕制造出多少扭转时间的速度。人，永远生活在时间中，被时光所困。语言或音乐，满足了我们深陷时间中的某些幻想，仅此而此，人将往何处去，永远是一个虚无！

《碧色寨之恋》的写作发生在多年以前。这座滇越铁路上的特级火车站，曾是蔡锷将军从越南海防秘密进入云南的通道，曾是二战时期护送抗战物资的通道，曾是西南联大精英教授们进入云南的通道……

如今，碧色寨寂静着，如同它的历史。尽管如此，碧色寨的故事仍向前延伸，仍有新的守望碧色寨的人们，驻守此地。

《碧色寨之恋》入驻碧色寨的梵间人文艺术酒店客房，希望更多的人寻找碧色寨的历史，热爱上这条历经沧桑的铁路。希望未来我的新长篇《守望碧色寨》能叙述新的故事。

早点儿休息，尤其是美丽的女性们，熬夜是对自己身心的不负责；熬夜，使黑暗更漫长，增加了岁月的负荷；我抵制流行和熬夜，唯有写下的文字会永恒。我同时也抵制睡懒觉，在鸟儿欢鸣前醒来，等待我的将是一天中最沉迷的事情。

整个时代都在变，整个语系都漂泊不定，有些人长成了树，随树枝树篱而根深蒂固——但依然意味着凋零；有些人随波逐流而在汪洋中潜行，经历了惊险离奇的旅途，抵达海洋；有些人变成了家犬，以动物的忠诚守候主人和家门，看主人的眼神行事……世态万物生长，按照因与果的力量显示命运的终曲。

整个时代在变，整个语言体系因星辰和白昼彼此之间的距离，在日新月异中降临。

我们总是在自身的世界消失了自己，迷失了自我，又找回明天的自我。而我总是喜欢灯笼，哪怕是在晴朗的白昼，看见灯笼，就看见了黑夜，它红色的身体中蕴藏着盎然生机。

语词本身的美，消失在语言深处，或者与我们相互隔离。词语，也会散发出原罪痛苦者的滋味，每一个词都像在出生后成长，不得不浸染着时间之色，不得不寻找自己的未来，而写作者代替语词的每一个幻觉、每一种生死之忧、每一种命运的起伏不定……好吧，这眼前的盛夏，我们都在生长！

在这里以及现在或未来，语言深处的浓密枝条被暗影精灵推动的节奏触手可及，多么平静。在事物和生命之间的幻境，相比强悍的风暴、勇士的力量，呈现的是饱满的阴郁。然而，正是这悬而未决的爱、广阔幽深的召唤，使一个词语从黑暗中走了出来。当它与我相遇，我伸手去触碰它，尽全部的力量，在这个混沌之晨，带着一个词语去到另一个词语中。好吧，多么安静的一个人，多么安静的词语。面对生活，我从不抵押灵魂，而是让那个被称之为灵魂的东西，获得向往的生活，哪怕黑暗也是世界上最美好的礼物。多么安静，像水上的波纹，仿佛温柔划破镂空的天际，我们筑于荒野深处的营地，多么安静。哪怕有野兽，也是我们的旅伴。

最近需要足够的时间。这个星球飞速发展的科技和文明，已耗尽了地球人太多的好时光。从早上到现在，我生活在词汇下，如同跟几十个世纪之前的人们在山川下织布，观云层变幻无穷……而当我回到一个个现象中时，总有银色的巨鹰告诉我说，写作的时候，别忽略了这个时间中的另一种现象学。是的，我知道，写作者在今天，既要会走路，泥巴路、水泥路、钢筋路……也要会飞行于云絮，以速度的变幻，复述新人类的忧伤和歌声下的快乐。陆地越来越少，海水越来越热，人们手拿手机，越来越失去自己的声音。控制器潜进了身体，我们需要面对的是另一道日光的折射力。

终于去打了疫苗第一针……回到了小时候排队购物的票据时代。等了很长时间才轮到自己。无法抵挡这时代的潮流，我们只能遵循规则，人是依规则而行动、依规则而活出自由的。没有束缚就失去了自由的意义。只有语言灵魂是属于自我的，其余的都是心甘情愿被囚禁的。

河南诗人温青多年培养了写手抄本的艺术生活情趣，近日又分享到了他手抄我微信小札的帖子。感动，在这个时代，手抄本传统而又恒久。

在一个不合时宜的年代，与不合时宜的时间约会，并生活在漂流瓶中，随波逐流，这几乎就是这个时代语言所置身的处境。不过，作家和诗人并非哲学家，但他们却是负载语言向远处漂流而去的帆船。

是的，当我平静时，没有一丝波纹，就连裙上的皱褶也被抚平。这是令人窒息的平静——之后，语言如同潮汐涌来。这就是写作者的等待，如同不期而遇者的等待。

关于写作和绘画：深浓度的幻境和高远缥缈的时间叙事，成了一个人命运的倾向和语言文体风格，构筑了一个写作者为语言而隐藏和重现的暗夜技能，艺术地生和庸碌地活，是一个写作者双面的人生版图。只有语言会飘移，其余的将随风而逝。

停不下来的绵绵细雨，就像停不下来的语词，就像停不下来的对一支历史上古老部落迁徙史的追索，以现代诗写一部传说中的历史，必须交替于21世纪的文明，因为任何历史都在与文明相遇，是文明改变了那支古往今来的部落的命运。我们不可能忽略很久很久以前的歌谣，也不可能蔑视现代化的语言处境——这是一部挑战自我的作品。细雨绵绵，语言只能是沿屋檐落下的雨滴……

早睡早起是一件需要自控力的事情，也一直是我的理想生活。如果在荒野的营地上，我一定会早早钻进帐篷，躺在大地上茂盛植物的腐叶之上，不会再让时光溜走。黎明前夕，我一定是早早掀开帐篷的人，踏着晨雾，享受曙光未降临前的温度。在城市之隅，我总是起得很早，是的，我不知道此生为何如此热爱五点钟的黎明。鸟未鸣时，我已经起床，也已经洗过冷水澡。所以，早睡早起是我的理想生活，无论是在荒野还是在城区，我一定是早起的那个人。早睡早起需要抒情似的忧伤，钥匙般的精确的自控力。我生命中如同一条河床起伏的时间，温柔地控制我的白昼和夜晚，而我总是顺从于让我晚醒或安魂的那条诱人的河床。

一种等待，失去了意义，突然间又充满了意义。当人的意识领域中每天有强大的碰撞力时，你得到的或许只是弹指间的光线，在混沌的模拟卷前的一种练习，一种响应速度与激情的召唤。而更多时辰，我希望我的灵魂就像羽毛一样轻柔深情。

写作三千行长诗，跟创作一部长篇小说同等艰辛，需要时间与身心的闲暇和健康。越来越感觉到写作的荒漠化，需要注入许多全球化的知识结构。重复的创作让我厌倦，就像重复的噪声和车轮令我厌倦一样。这个时代，对于使用语言的人来说，需要对自己的语言负责。因此，21世纪的写作，也是一种攀崖式的从上而下、从下而上的探索，到底有多少新的文体和艺术结构在等待我们去尝试？

爱一个人内心上升的生物自然生态，这就是祖国版图下的云南，是我画笔下的世界。爱我色域之旅，爱那些存在而被我所记录呈现的世界。

时间的演变，在它身上历历重现。我们需要从黑暗中观察那些迎向晨曦的生命，感受从正午通向黄昏的夜行者。

早安，没有风声，小鸟还未啼鸣，不远处有车声。在疾驰的时间中，我喜欢驻足。幕布尚未拉开，每天伸手拉窗帘的声音，会使我快乐，因为曙光就要降临了。每个黑夜的离去，意味着光把一天照耀得很炫幻，而所有炫幻都能抵达。一句话，是某种回忆某人某物某段未来某个安心的距离。昨天晚上，有一只蟋蟀进屋了，它很安静，待会儿天亮后，它会从窗口飞出去。这只小蟋蟀跟我待了一夜，偶尔能听见它盘旋的声音，但还是栖息的时间长。真好！

一生一世，长或短，都是命运中的历史。挚爱或逃离，都是俗世者的幸福。

也许醉了，也许醒着，都一样。生命需要在两者之间判断自己该做什么不该做什么。或许这也是写作的意义。在我清醒或沉醉的时候，一些词语飞到天上去了，成了云彩，另一些词语落入尘埃，或许会成为幼芽破土而出。

今天上午，送鲜花的人要来，修冰箱的人也要来，会听到两次门铃响……安静，你好，生活！只能说生活是细节化的，它是语言中的语言。

马尔克斯说："生活不是我们活过的日子，而是我们记住的日子，我们为了讲述而在记忆中重现的日子。"写作之所以让我们半世流离，以语言漂泊不定，正是因为我们一边重温失去的时光，一边往前走。出生以后的所有记忆，那些零星的片段，最终穿插于语言中，唯有细节，像一架废弃电话机闲置已久的常态，汇成了故事和诗歌的语境。小说家需要讲好故事，诗人同样用语境讲故事，优秀的小说家都是诗人。在诗人的语言中，同样涌现出时间和生命的日常意义。哪怕是一只小蜜蜂和一只蝴蝶，虽然在人世存在的时间很短，但是它们同样是宇宙的精灵。今夜，晚风在吹拂，灵魂去了哪里？这就是语言的幻变，人生永无止境的翅膀，引领我们飞翔和隐形的力量。

有十八幅画将被运载到江南杭州的女作家鲍贝的书屋去展览，祝它们平安地顺利抵达。虽然时空远隔，至今仍未与鲍贝谋面，但心有牵挂，深信这是两个女性延伸出的色域之旅。

我还是需要将梦境迎向有夜色弥漫的地方，因为爱你们，就是热爱我身体中存在的任何一种迹象。散步很长时间，感受到夜色与白昼的反差。因为只有如此，才能感受到身体在泥土中生长，在流水中激荡，在微风中飘浮，然后远逝，重又醒来。这是一件多么美好的事情。我爱着的所有人或事，都像枕边书，是我的旅伴。抵达之谜，来自明天或未来的某一天。

网红，是一个现代词语。如果网红成为当代的潮流前线，我们将失去缓慢的重温旧时代遗址的翅膀。尽管如此，总有人在为此守望，迎接轻燕重归旧巢，迎接这个世界上以最远的距离、最近的月光清辉弹奏时间的理想主义者。午安，带着恍惚间的思绪，我在疾驰的速度后面驻足……

世界是真实的

世界是真实的，我是真实的——通向语言的时光是虚构的；命运是幻变的，我也是幻变的——从黑夜到白昼，我是我，也是另一个人，无穷想象力中的一片片时光。

近几日，几乎是在贪婪地读书，仿佛又回到了青春期饥饿读书的时代。写作越来越艰难，仅有经验不够，还需要强大的想象力。缺乏想象力，你的身体怎么能去到白云变幻的苍穹，又怎么能在一座废弃的古堡里触碰到瓷砖上的碎片？两天读完了德里克·沃尔科特的散文《黄昏的诉说》，实在太诱人。一个大师的身边是热带雨林的植物，是海水鱼缠绕语言的身体，是哀愁的夜晚。正如诗人所言：一切终将消失，古风犹存的山谷终将凋零，艺术家终将沦为人类学家、民俗学家。但在这之前，仍有些值得珍惜的地方，有些并未与时俱进的山坳，生活周而复始，不为世事变迁所侵扰。它们不是寄托乡愁的所在，而是人迹罕至的圣地，寻常而纯朴，就像那里的阳光。平庸威胁着这些地方，正如推土机威胁着海峡，勘测线威胁着榄仁树，枯萎病威胁着山月桂。

他说，在每个诗人的眼里，世界永远都只有早晨。历史是一个失眠的夜晚，已经被人淡忘。历史和对自然的敬畏，永远是我们最初的起点，因为诗歌将不顾历史的阻挠，要和这世界谈一场恋爱。

下雨，想念这些曾经在我生命中驻留的雨季来临之前的风景。羁绊于书籍、想象或回忆，未来层层叠叠，像迷宫飘忽于不确定的时空中。越来越感觉到我们所置身其中的时代，像是一本本书，没有痕迹，呈银色、灰蓝，无影无踪。

在温情脉脉中问候，这无尽的茫茫宇宙。古往今来，从哪里来，到哪里去？已经成为时间之谜，我不再追索或永不言弃。

立秋，穿什么衣服，说什么话，见什么人？看不见的微妙，改变你的命运。在这个时代之上，是许多来历不明的精灵和野兽纵横跃逝于我们眨眼的一刹那。

立秋，季节并不奴役我们自己。囚禁我们的是有限的生命中的时光之痕迹，正是这些微不足道的存在，跟随天气节令和时间而变幻。这个时代总有无数的绑缚于新人类的文明的本质、颠覆性的语境，使我们在烈火和冰川的交界处，寻找到合适的词语、合适的故事、合适的人、合适的激情和荡漾，使我们的生命有新的活力。

倘若世间无庸碌，尘世如何延续它的光斑？所有人，无论是王者还是女神都会沉醉于无尽庸碌的时光，这一切磨炼着身心灵，激情和腐蚀互相连接——所以，人类总有一个梦想，逾越自我的肉身之奴役。

某些人献身于纠缠，献身于宿命，献身于庸俗，献身于抑郁，献身于逃逸，献身于虚无，献身于数字时代的潮流——每个生命，都有语言的倾向，在时光之下，从静默中呼吸着夜光的孤独，没有光，就无法有影子垂立。八月，热度退潮，疾驰的黑暗过去后，又将是一个好天气。

从诗人翻译家晴朗李寒的文艺书店邮购了四本书。喜欢圣-琼·佩斯已经很长时间了，他的作品影响过我青春时代的写作。语言多么虚无，但战胜厌倦和抑郁的，维持我们心灵史系的，正是这幽蓝色的虚无翅翼。

我们出生在一个什么样的时代并不重要，关键的核心在于我们是否融入了这个时代的文化符号。每一个时代带给我们的人文艺术情绪都不一样，记录好我们置身其中的情绪，构成了我们的语言体系，没有任何情绪的文本是干枯的。风吹草低，满眸星光，时间在秘密中酿制着我们的情绪，忽而波涛汹涌，是因为被变幻时空所召唤；忽而温柔缠绕，是因为在夜色中我们走了很远。

最近又重读古罗马奥古斯都时期最具代表性的诗人，被誉为荷马之后最伟大的史诗诗人的维吉尔的作品《埃涅阿斯纪》。

曾记得维吉尔在《农事诗》中写的诗句："幸福啊，能够知道物因的人，能把一切恐惧、无情的命运和贪婪的阴河的号叫踩在脚下的人！"

世上没有干净的眼神，除了婴儿之外。倘若一池水碧蓝见底，怎么会有荡漾的波纹？是什么样的灵魂造就了人本身的明亮？是什么样的幸福让生命去践行梦想？是什么样的时光让我们越来越感觉到写作的艰难？是什么样的抵达让我们穷尽人生之谜？

生命如沉迷于语言，就拥有了你自己的特权，只有在这个世态中，语言带给你自由，也带给你地狱般的囚禁和天堂般的色空。

虚构，是一个多么漫长的词，用于虚构的元素是语言。如何使用语言？从现实到虚构是一个漫长的岁月，足够耗尽人生的黑暗和晨曦中涌来的光芒。虚构，也是一个无尽的梦，有沙盘有流水有天鹅有尘世。

安静像一张白纸，而渔船分明在布网。倘若做一个渔夫，生活在船上，就会适应时间的摇摆。日常的经验，对于常人来说，会让他们去校正生活的方向，以此改变命运。而对于写作者来说，所有经历的时光，都会交给语言，那些被书写下的分行的诗歌、不分行的小说，充满了日积月累的外在的意识形态，内心的风暴则为你插上羽毛，当你选择飞翔时，面临着你要接受云图中变幻无穷的自我的身体，而且附着在身体中的灵魂，总是会嬉戏你、摧残你、诱引你、舍弃你、拥抱你、占有你又剥离而去。这就是人生有趣的东西，写作中最为艰难的游戏。

在这个时代，所有写作都在不知不觉中改变了语境和方向，固有的语言再也无法表达内心的经历。从古至今，历史性的转折，都会带来一场从天空到大地的演变。从今以后，万物都在巨变，词语不再具有永恒性，道德情怀也在变幻，我们不再追求永远的永远。你没见过闪电之后的安静吗？如果有永恒，那就是永驻心灵史记的永恒。庸常的世界观不再捆绑时间，在这个时间朝着生死相依过渡的人们，永驻心中的日月，也在变幻无常。语态像电流般袭来，必将被暴雨扑灭火花。

人的庸碌才是语言移动的符号，从生命现象学开始，时间在宇宙间循环不已，而人所陷入的困境，跟人的语言相关。就像写作者，你使用什么样的语言，就拥有什么样的命运。你的感官和知觉所到之处，是你的未来，你此刻的身体力行，你的名字，你用过的餐具，你穿过的衣物，你遇见的人和风景，是你的前世今生。时间限制你，约束你，煎熬你，终将是为了让你灵魂出窍。

不需要走动游离，不需要去世界尽头。当一个星球面临着巨大的危机四伏，人，回到人的位置，回到生命的无意义中再找到意义，这是人的价值。在此背景下，政治、欲望、野心和邪恶，失去了意义。唯有一只鸟的升起飞翔让我们心生感悟，尘世物语都在修正新的美学原理，艺术语系面临着以个人融入时代的忧思录，产生新的波涛汹涌。

愿我有很多的书，有当年够吃的蔬果

愿我不要在动荡的时辰里随希望起落
但祈祷足矣,既然予夺随心
让他给我生命,给我宁静的灵魂

——贺拉斯

一本书的出世

一本书的出世，就是一次写作的历程。等待它出世，唯有语言，是亲爱者的灵魂。每天一场滂沱大雨，已经将灼热的火焰扑灭。感受不到炎热，语言中的时光中生长着漫山遍野的树荫，让我的心安静。感恩这本尚未出世的书，感恩夜光中冰凉的烛光。

在这茫茫的夜色中，仍然有炫幻术。今天终于让自己打了疫苗的第二针，完成了一件事。安静地面对世态，哪怕是无穷的绝望，也可以用于在湛蓝色的宇宙中远行。尘世有它的规律，自然万灵只是飘忽于尘世的幻影。恪守自己的内心，舒缓外在的焦虑，这是我们每个人面临的现状。有时间，还是需要看看云，将倾盆大雨中淋湿的衣服晾干；有时间，就去捋顺那些倒下的向日葵的枝条；有时间，就去问候另一个自我的存在或漂泊……这是一个不确定的时光聚散之球体，作为有温度的生命，我们还需要与人世间息息相关，世界上我爱的事物和时间，以及我爱的所有人。

可以舍下整个自我，乃至迎着词语的断裂带陪同我的那双翅膀。天空承受着巨大的浩瀚，人温习着自己的卑微和虔诚——以此更深地在水中洗干净羽毛，或者更深邃地在时间中消失自我。只有消失了自我的人生，另一个生命体才能诞生。

所有东西都需要等待，所有时间也都需要等待，所有微弱的星际密码都需要等待，尽管地球人已经太疲惫，我们仍然需要等待，而且我们已经学会了等待。等待已经是一种生命的需求，只有在等待中，被等待的事物以及被你所唤醒的时间才会为你的等待而来。

总有一个地方招魂于我，在云端之下的——接近万物生长的地方。终有一天，我在此生活，度过余生。夜夜夜，唯有幻梦让我在雨中漫步，感受到心跳加速。活着，是一件事。善待生命，就能找到爱的居所。

苦难具有强大的力量，改变我们的善恶习性，让人这个大千世界的生命体猛然醒悟，转过身来感受我们与世界的关系，哪怕走到尽头，我们也能从泥浆中感受到爱。爱，是这个世界最永恒的良心和智慧。

答蒲秀彪迷茫六问诗

一、诗是什么？

诗是身体的上升或下降。上升是云图中的海拔，下降是尘沙弥漫的人间。

二、诗是天然存在的,还是人为的?

诗,早就存在着,像宇宙万物的存在,你写不写诗歌,诗歌都在酒窖、洞穴、荒野、海洋中。然而,所谓诗人,就是寻找诗歌的源头在哪里,诗歌的未来在哪里。

三、诗与人是什么关系?

肉体和灵魂的关系。

四、诗都有些什么特点?

诗歌必须有肉感、骨感、灵感、魂感、幻感、动感等特殊而又存在的元素。

五、什么是好诗?

好诗的元素,首先迷失你自己的写作,才可能让你的诗在广大的宇宙中迷失,在时间的尽头迷失。

六、诗是有用的,还是无用的?

诗只取悦灵魂,为灵魂服务,满足灵魂的漂泊、虚无和幻境,满足灵魂的造梦功能。除此之外,诗歌将撤离。

下雨了,淅淅沥沥。我喜欢深秋的颜色,那么多的绿突然斑驳。这些突然变幻的色彩都是神在布局,如果没有春秋之卷,人的心灵该多么疲惫和厌倦。听雨声,今天的雀鸟没有飞来。往常,它们总是群体从树冠飞下,去抢吃给狗狗的粮食。看它们雀跃而饥饿,轻盈地飞行,心情会变得更好或更彷徨。这些情绪供我写作,我所有的语言,都来自我的情绪,敞亮或幽暗,来来往往,就像天亮或天黑。宇宙多么美,永远让我们上升或下降。人生不易,我要好好爱自己,只有好好爱自己的人,才会珍惜神秘的时间,才会发明自己的游戏,才能好好爱你们和世界。一个有时间和神秘的力量发明游戏的人,才能寻找到你们宽阔遥远的游戏。而语言,是游戏中的核心,由它散发出去的光轴,仿佛是控制器在手掌中发热,有时它更像磁铁。

在习惯的力量之下,醒来是一件轻松的事情,而人的悟空则需要引力——来自平面和深邃内核的时光,等你来。如同古老纺织机上无数根曲线在聚会,如同磨坊、炼金术、黑色键盘上的手指;如同此处他乡的陌生人的边界,呼吸的青草气味,深秋垂落的雨丝;如同列车缓缓停靠的月台,飞逝的蓝白红……此刻,帷幕拉开,星云变幻无穷,蝉鸣,蟋蟀,还有我。

读书写作都是人类发明的游戏,种植游泳酿酒恋爱同样是时间的游戏。你好,亲爱的游戏,我们总是在不同的游戏中,发现了快乐或忧愁。

礼赞一个词,是为了更好地表达和使用它的属性,每一个词的属性就是它的生活方式。就像地理版图、经纬度、山岳的起伏、河流的源头、村舍荒野城池的呈现和布局,这些东西早已存在。词的属性就是使用它隐藏的那部分,激活它,让它从睡眠中醒来。使用词语并表达,就是生活在现场和未来。两者之间，存在的那种亲密关系，即我们存在于世间的诗句和故事的开始和远方。使用词，就是生活方式，你拥有什么样的生活，就有什么样的词的属性。梦是词的连接，有了梦，哪怕你浑身泥浆，也能绚丽绽放那花儿朵朵的时光。词的属性就是时间，从源头溯流而上，或者逆流而回到源头。中途的时间，万物复苏或凋零，我们置换不同的词性，就像周转不息的旅途，天上的星辰之后是尘世的双眼睁开。

想起那些一生都安居于偏僻乡壤，耕耘土地，从村舍外的农事生活中感受四季的人。想起栖于高黎贡山脚下刚收割完稻谷的田野上的白鹭，它们总是在田垄散步，飞翔觅食求偶诉情。想起澜沧江一夜急流之后迎来的曙色弥漫，一群乡村孩子正背着书包，啃着火塘边烤熟的洋芋，沿江岸行走，听到波涛声，逐渐看到远方的乡村小学。想起一些词维系的日常生活总是在互相致意——所有这些都是生的宿命，向那些从平凡生活中感受到幸福的人们学习幸福的隐喻，为了时间中闪现的幸福而感恩幸福的幻境是多么美好。

青春，那些充满了电流的时间，就像微风轻吹青麦的画面，成了生命渊源中的第一篇章，之后，持久而热烈的夏天降临了。

进入夜空，相比白昼，人就会找到自我。有无数个与自己相伴的幻影，就像成行的语词与无穷尽的悖论，让语词进入剧场。仿佛，这是一个已经被召唤过的或者正在移步的区境，这是色域或令人窒息而激荡的暗夜。脱颖而出的不仅有流星雨，还有静物和未来的走向。在一个逐渐失去了古老手艺的时代，人心涣散于速度，只有手抚摸到肌肤的时刻，感觉到沐浴后的灵魂仍在别处漫游。

梦一般的早晨，应该有梦一般的结构和坚实虚无的存在，容得下尘埃落定、流沙弥漫、秋风落叶的世景，才是真正梦一般的结构和现象学。早安，这世界很美，有不一样的诗学结构。它像蓝孔雀羽毛合拢时的肃静，又像羽毛散开时的千变万化。

一些时光暗下去，另一些时间又亮起来，也许这就是写作的信仰。它总能召唤你出场，语言的第一句话引来了无数的语境，犹如野蜂被途中的花蕊所诱引。当你需要语言的时辰，语言就会依附你，陪伴你，折磨你，奴役你，训教你，毁灭和重生相伴，这就是语言，我亲爱的语言生活。

在泸州，无论在何乡何壤，人都在散发出生命气息的时光中行走，哪怕匆匆而逝，都会留下个人的记忆。没有记忆的生命是枯萎的，唯有一个人的记忆，会捡到石板上的印痕、呼吸中的味道。一个有民居食谱物语的区域，必有漫长的锁链和自由的历史。

泸州的短暂时光，有幸与北京大学西语系教授赵振江老师共享早餐。喜欢赵老师翻译的聂鲁达的诗歌。赵老师已经八十多岁了，步履仍然轻盈自如，无法猜想他的年龄。如此单纯美好的赵老师，翻译出了那么多的文本。聂鲁达是我最喜欢的诗人，赵老师精确地翻译出了诗人的另一种语言。那天早上的面对面交流如此亲切，犹如《漫歌》中的旋律弥漫。

我们是他乡别处，我们是世界上所有的夜晚。我们也是明天的秋雨绵绵，湿透的面颊，身置酒乡的醉意。我们悬于语言中的时光关乎我们的性命，也关乎我们安身立命的信仰，在语言中的秘密生活。

是的，但愿人长久。从古至今，人的心安放在何处，都能生根发芽。在异乡，天气适度，愿我们各自安好，每天干干净净地生活，每天拾柴、烧火、收拾碗筷；每天惜情，惜慧，惜远方和身边的乐音。愿我围巾下的锁骨一如既往地仰起，支撑感中有白云翻滚、秋菊弥香。

在陌生的区域醒来，在陌生的区域中感知晨曦，天未晓，仍然有汽车噪声，房间太高，听不见鸟语蟋蟀声，但听见了自己的心跳。早安，人无论在何乡何壤，都带着自己的身体出发，它是你的终生侍卫，灵魂的侍卫。

起飞，意味着能在过去中待一段时间。与云絮如何相处？如何触摸到白色的游动的云？也许只有天鹅和宇航员能回答这个问题。

天渐凉，秋天是让人身体激荡着落英般窸窣声的时辰，落叶未黄，是被风吹落的。只有在外面，在人群中，离开写作的地方，才会深知我们的苍茫也是天下物语的苍茫。

我记得那些头顶星宿出游的日子，裙子上的波光曳地，大地原野敞开，我们到山上去寻柴火和野生蘑菇，所以，得早点儿出发。从黑夜出发，迎着第一缕晨曦的人，会看见从梦中向你走来的万物万灵，该多惊喜。

当秋风让落叶在窗外簌簌涌动，新的季节又来了。秋天是我最喜欢的充满了披肩色彩的，更丰富更饱满，可以养育忧伤和炫幻迷惘的好季节。

是的，某种意义上讲，生命开始于语言，也必将被语言笼罩。经历了漫长时间的诸多变幻的人生，到了后来，将越来越简单。唯有语言学贴近生物大气，也贴近人性最基本的东西，同时贴近生命在每一段时间的不得不被改变的传统与现代性的融入，语言就像筷子和碗的关系，无论形式怎么变化，都在解决饥饿的问题，而饥饿是一些时代的潮流和浩劫，它不仅仅是味蕾的饥饿，更广泛的是精神的饥饿。所以，当人厌倦困顿时，新的科技现代化总要发明新的控制能量，将人囚于新的笼子，这是时间的新魔法。而语言同样需要发明新的隐形翅膀，灵魂才会飞翔。

早起，听蟋蟀唱歌，人间都是歌者的舞台，用什么样的声音唱歌？用什么样的姿态走路生活？这些都是结构和美学，自然界的生灵们醒来了，各种语境速度用于生活和艺术，用于生存和熔炼术，用于速度与激情！

月黑风高，任我自由迷失。这就是我此刻的情绪，我们的国度如此辽阔，容得下群蚁在土里造宫殿，也能容下雨滴从天上落下来。春去秋来，生活需要落幕，也需要秋色之空。

我预想着，明天应该是属于米兰·昆德拉的庆典，他用九十多岁的年轮，活够了他伟大作品的哲学结构，其作品影响了全世界的新阅读美学。不过，看天意吧，我最喜欢的作家博尔赫斯、普鲁斯特同样与此庆典错过，而他们的作品却成了经典中的经典，千年以后，仍然能成为地球人的天外来书，像岩石不可以风化，成为真正的不朽作品的神话。

又下雨了，上午晴朗的天被雨滴声取代。我们的身份和角色总是随同天色而变。更多时候，诗歌替代了身体，表达出我们对生存世界的无奈，唯有诗歌可以表达谦卑、敬畏和渺茫。小说替代了历史，生命的罪与罚、恶与善，命运的滚石上山都在叙事中完成。音乐替代了声音，绘画替代了色变。好吧，秋雨声声，替代了抒情。爱替代了荒芜，花冠替代了虚名。

午安，天仍然那么蓝，地仍然那么厚，人仍然那么渺茫，时间过得如此之快。很多人又要踏上归途，很多人又要降临：本年度的最后一个假期终于结束了。嘘口气，还有很多事要做，秋去冬来，述说者，总是感觉到某种火焰带来了另一种不灭的烟火，语言相信着相信，羽毛依附着羽毛，水在水中激荡，陆地在陆地中延伸，花朵在花朵中开放，艺术在艺术中生活。

什么是无聊？写作就是记录无聊中的烦琐事，从衣服污渍到地上的落叶尘屑，满天飞的闲言碎语。什么是荒谬？写作就是在解不尽的质疑中复苏没有尽头的尽头，在鲜血中看到梅花绽放，在厌倦的味道中发现了仙人掌上的荆棘中有甜蜜的果肉。什么是幻境？写作就是在黑云压顶时，突然听到了仙鹤飞来的翅膀声划破了屋顶上的乌云。

写作者后来是为整个虚无而写，而虚无之下是具体的时光，虚无只是突如其来的羽毛笔，它需要墨水，蓝或黑，红或绿。颜色之下是具体的时间，人与兽同行的足迹。在这里，人是铁，也在散发出锈迹，这锈蚀处有青铜之鼓声从上而下，击起尘埃。在这里，兽的足蹄、皮毛有勇气搏击欲望，以此类推，写作在虚空中敬畏人间之法，也在尘世朝谒万物有灵。

只有夜晚沉迷于语言，让它藏身于该去的地方，而每个该去的地方，正是我们不知不觉已经抵达的地方，之后也是我们离开的地方——周而复始，这就是梦。

夜风恰到好处，如此温柔体贴你的身体，而每一个遣词造句都是你时空中遇到的故事片段。我们遇到了历史中从未有过的一个时代，语言在不知不觉中尝试着两条途径，即往前走，那是一个崭新的大陆，而往后走，则遇到古老的前夜。在两个时段中我们选择着，有一点却始终坚持不渝地存在着，即我们的往来之境，这就是语言的信仰交织哀歌和梦幻的一次又一次奇遇。

我喜欢在我认知的语言中生活，就像旅途，不可知的方向，不可知的方言，不可知的险境和祥云图卷，不可知的崖壁平川盆地，不可知的下一首诗下一个故事下一本书，这些不可知的秘密，才是我寻找语言的意义。忽而暗洗秋帘，必有人间词话隐藏；忽而光灼袭人，必有神意弥漫敲门。

出奇地安静，真是写作的好时光，就像苹果般稳定，立在石头之上。每个人的生活态度决定了写作的语言。我个人的语言沉迷于光热和幽暗的西南边隅，这几乎是我一生的语言所向。

如此夜幕，可夜游到银河系，在里边，有人类的语言吗？有历史和尘埃吗？

  因燥热而无奈的季节因为树叶凋零而渐凉
  抽象画中的条条河川就像梯级的循环运动
  我坠落在这腹地，由婴儿变成岩石上的蝴蝶

  我所有的偶遇都来自黑暗中的火、白昼的光
  我所有的挚爱都发出过语言的音韵并附体

  时态是美妙的，她弯下腰，像一张弓弩
  她躺下去像一片隆起的腹地，从山上下来的人
  从四野吹来的风，从天上落下的雨

  都来到了她隆起的腹地。且慢，海洋很远
  内陆就在她手背中弯曲伸展出去
  母语，这帝国的神杖下是她唇齿相依的尘世
  天堂是一个够不到的绿苹果。是的，默认吧

——长诗《梦书》

无数渊源均在语言中，犹如细流，在你的名字身体中隐

形。阳光接近了果橙色，之后，需要更安静的时光才能度过秋风落叶的呼啸。宿命或认知，伴随着日常体态，语言的奉献和沉迷，都需要将自己交给更广阔的渊源去奴役，只有你被内心的方向所捆绑的时辰，你的生命空间才更接近蔚蓝。人，在监禁自我的时候，往往会看见天际线上云的变幻，紫薇树悄无声息。而写作者通过词消磨的分秒，是囚禁者通往语言之谜的秘境。因而，驯服于语言的奴役，其时光才会因幽灵般的呼吸而敞开大门。外面，秋色之空，正是你所梦见的……

很久未去画室了，置身其中，有一种喜悦，那么多曾经的作品，静如秋色，藏在它们的领地。那么多画框，留有空白，等待我去涂鸦。而这么久，除了偶尔在小院子里绘画，几乎都在写长篇诗歌。人生如朝露，我们在其中辨别真假，真真假假，梦与现象就是符号学。没有一尘不染的生活，满地都是尘世烟火，落下地，才能让万物复苏，茁壮成长。爱，是这个世界的尽头，我们朝尽头走去的时光，也是我们的个人简史。

多安静，多安静

秋分，我最喜欢秋天。今天很安静，除去语言，没任何东西打扰我。跟随我身体的都是语言吗？它有时会变成树，从树篱中飞出许多饥饿的鸟，它们总是在树上议事，鸟语很清脆，当它们俯身而下觅食时，总能在我们周围寻找到被人类遗失的粮食，或许是上苍留给鸟儿的口粮。每人都有一份口粮，一个灵魂，一具躯壳，就看我们如何使用。有些人可以用躯壳作盾牌，用灵魂作翅膀。人，就像空谈者，总是随风而逝，而能在两者之间游刃有余者，需要秘密的时空。我知道夜色迷人，但白昼流星之间，总有无尽的距离，这就是炫幻者的人生。

唯有自由可以隐去世间一切繁杂和浮尘
唯有独立可以在混沌山河海洋陆地远行

看一只白鹭突然消失，隐喻正在浪尖上游离，写作者需要无穷无尽的剩余时间——即无穷无尽的闲暇，无穷无尽的自我感觉,无穷无尽的在语言中的沦陷,无穷无尽的用身体经历语言中的冒险孤独和生死未卜的险境。只有用无穷无尽的闲暇、自我的体系,才能完成梦想中的语言。

多安静,多安静,不需要秩序、文明和道德,不需要语言、隐喻,它就是图书馆穹顶的天堂,它就是诗人想奔赴的秘密消失于尘世的好地方。

你如果能透过夜色,看见小鸟栖树,你就知道诗意的栖息地,就是固定地将一件事,终身缠绕你的那件事,从此刻延伸到黎明,再延续到正午阳光下,以此类推,将一件事,缭绕你生命中的事绵延而去。从头到尾,都像是在编织,在房间里、他乡、中途,在陌生的版图、夹缝中,在抽屉里,在有墙面或宽敞的天井里……

写作更靠近你丢失的源头,无论置身何处,它总是将你拉回很久很久以前,或者很久很久以后的时间中,而此刻存在的速度只是消耗尽我们肉体微弱的光能。写作应该是留给源头和未来的事情。所以,这样的写作更拙笨也更艰难。太完美的写作就像是一匹丝绸只有浮光掠影,而没有沉鱼落雁之恋。

没有什么是过不去的,都过去了,这宇宙美得很。凡是幻念都有轮转,时间就像水一样忽而浑浊忽而清澈,黄昏美得很——只要拥有耗尽时间的魔法,所有时光都是星空闪电后的蔚蓝。听得见自己的心跳,踏着节律走一段再停下来,这就是写作中的人生。

此时意味着停顿,时间在走,而我的身体却停顿下来,不再往前走。最近在写一部长的作品，感觉到三种力——来自化学的、物理的、数学的磁力在改变着世界。它来到文学作品的时间中，就改变了人的命运。化学即工厂，无数浸染着化学纤维的体系进入生活食物身体，物理即天体运转，像海洋般起伏的波浪，进入了我们的生命细胞，还有数学即数字，完全颠覆性地织网——我们的命运在这三十多年中被此改变，这就是我的新写作，我的新长篇的主人公们在其中穿行，演变着人生的格局，悲哀与新生投入时间的怀抱，遗忘与回忆让生命继续前行。

一天，那么快，那么快，舍不得荒废，舍不得那些留不住的静水和微澜；舍不得拂过书页时鸟在露台上窥视我的一瞥，时间太快、太快、太快地移动光影。已经是秋天了，任何魔法都留不住时间，只有为时间所耗尽的肉体或灵魂，才可能保留了时间本身的秘密和奇迹。

白天基本上已经不再翻微信，新一轮的纸质书阅读重又开始。写作，管理好自己的时间，就像牧羊人管理好漫山遍野的羊群。时光太快地流逝，我必须管理好发呆的、忧伤的、写作的、绘画的、尘世的所有时间。明天，总是最好的，它值得我逾越黑暗去赴约！

感恩时空，正是它的幻境，让我接受诸多命运的安排。每件事都有上苍的安排，就像写作，你热爱的所有语词都会在迷幻主义的时光中，寻找到归宿。没有人能教会另一个人如何写作，所有事，都是命中注定的。接受命运，就能接受你的名字、你的朋友、你的职业、你身上的味道、你追索的、你忘却的、你与尘世间的所有亲密关系。

今夜，悬浮力引我向上，给我一个安好的睡眠，明晨醒来，我仍是时间的奴仆、虚无的光影。

夜幕，它的绚烂多姿抚慰过多少绝望的目光，因此，面对它，我们赤裸裸地从黑暗中走出来，炫耀我们在无妄的妥协中，自由飞翔的心灵。逃亡者归来又离去，刚刚又听过德彪西的《新大陆》，那茫茫的星际，有如履薄冰般的寒战，有秋风落叶般的呼啸，之后，安静如梦。

从前很远，现在很近，所有的故事都需要远或近的距离，但生命太短暂，只有文字可以延续两者的碰撞。在蔚蓝或混沌之间，人都是奴仆，所以我们不停地以庸碌而生，以幻想的力量改变我们的命运。

> 早晨很美，我的身体很凉
> 虚构之物笼罩我。满身的线条外是栅栏
> 我知道，对于时空来说，取回水
> 用于造晶莹之塔，是为了信仰之踊跃而起
> 取回尘世的邮件，是为了拆开
> 让光和黝黯的秘密呈现在一个幻影之外

许多事已经离我很远，所有的历史都是遗忘的艺术。作家不是用经验在写作，而是培养自己虚构和想象的能力——而这些能力不是凭空而来，需要知识结构、语言的迷宫。热爱并沉

迷，一生执迷不悟的时光，好酒是沉瓮底的，窗户外的世态是需要用想象抵达的，焦虑是需要事件和细节的，激情是需要尺度的，狂野是需要风暴和荒原的。

不安定的或安定的生活，都是命运，每种生活都是时代下的生活简史。没有恒久的规则，变幻无穷的时间颠覆了潜移默化下的人性。这就是故事，每一个故事都没有答案，生活是含混的，不确定的，每层帷幕揭开，都是波光粼粼的玄光和疑惑。但时光依旧辗转而逝，不为任何人而驻留。

广阔的云那么好，我们生存的背景里有一个巨大的内核，宛如剥开的石榴和核桃。无论多么抑郁的情绪，只要抬头看见云，思绪就随云絮移动。我喜欢简单的生活，包括与世态的关系。所有复杂而变幻无穷的矛盾和面对人性的时光，都置入写作的语言。有时候，看云絮飘忽，我的灵魂也会在激荡中成为一朵云。人类所有的智慧都应该用于创造生活的意义，所有的艺术语言都是为了让我们在生活中变得简单而丰富，像一朵云远逝于自由的辽阔。

这夜空确实炫幻，但是我很挚爱那些看不清楚的朦胧，正是它们的存在或不存在，还有那些我想说或者不想说出的语言——是笼罩我生命的光焰。多数现实中我的生之力量，都源自触不到的幻境，犹如白夜镂空的阁楼深藏着一本反复无常的书，它正是我将尝试在未来的某个时刻不知不觉开始写下的那本书。只有写书的力量映衬我的年华，或者我凋亡或者我重生的故事，首先让我在无数次的炫幻中获得了一个写作者的人生。

诗歌在这个时代，以其熔炼术中的语言，将伴随多变的自然和社会体系——提炼出活着的证据，每一个生命如此脆弱，诗歌从不拯救人的命运，它的时光用于消磨不得不沉迷于绝望和虚无两条路上的，带着心跳体温精神风貌，直面人生和现实的人们。

一个人，无论多么沉重，都不可能像礁石轮船沉入海底。一个人，无论多么轻盈，也不可能像羽毛清风闪电在天穹消失。

柔软地活着，比坚韧更长久。水和花瓣，还有月光，都是阴柔的美。艺术和语言的力量不在于显示人挺身而出的英雄主义，而在于遵循内心世界所隐藏的梦想和秘密，并勇于承担命运的熔炉深处脱颖而出的现实和距离。

今天在西西弗书店写作看书，时间总流逝得太快太快。正如现实主义作家巴尔扎克所言：既然小说被认为是一个民族的秘史，那么，要成为真正的小说家，就必须对社会进行调查。

没有雪的西南一隅

　　我们所置身的时代有太多变幻无穷的时间,写作者生长忧患和苦役。珍惜每一天、每一个语词,就像珍惜爱和活着的具象。无论在哪里所度过的每一时刻,都是我们将来的回忆。
　　意味着你要独自享受孤独,在黑暗中做梦会关上窗帘,锁上门。然而,暗香是必须的,它护佑你,让你在黑暗的花园中不迷失方向,意味着你正独立地享受着梦幻的功能。

　　是风开的头。如果季风不是在它们指定的时间,从指定的方向吹来,雨从哪里来呢?雨是青尼罗河真正的母亲,高山是它的父亲。在自然力的爱的奋斗中,在火山和云层整体的冲突中,第二条尼罗河的奇迹诞生了。
　　是风开的头,但风从哪里来呢?它们像伟大的人物一样,在对抗中取得那最初的成果。在它们斗争时,当它们在推撞中不得不屈从于其他的风时,它们带来了雨。

——埃米尔·路德维希《尼罗河传》

忙碌状态使我们每天有如朝露蒸发，有如暮色苍茫。一个内心安静的人，享受着那些划破波浪的蔚蓝色，并绵延在它的枯枝落叶下的忧郁；一个追索神秘主义者的内心，享受着向宇宙虔诚祈祷的云笺，并在上面填写飞鸟的踪迹；一个彻底的虚无主义者，享受着尘埃落定以后，一群群野蜜蜂酿制的甜蜜和那来历不明的艰涩，并为此享受着旷野之上如天籁般的神曲。

乘高铁写长篇散文《色域漫记》，两个小时写了两千字，如果列车能永无止境地奔驰下去多好。去一个陌生的版图，去到世界尽头，写作就延续在奔驰的时空中。然而，终要抵达，这就是写作和人生的故事。我的写作无法抗拒神秘的穿梭，时空的过去现在未来，一个没有过去的写作追索，也就失去了现在和未来的出发和抵达。

没有雪的西南一隅，就看蓝天，这是我的出生地。蓝天值得我每天仰望低头，清理俗世杂物，融入万物生长之中。真好，短暂之旅，古往今来，英雄豪杰、儒门志士同归一途。在缥缈人世间，活着，是一件事；活下来，是另一件事。你好，这缥缈的世间，我们同归其境，享受虚无缥缈，多美好。

冰冷和热烈之界是时间，我们在季节中感受的温度，会让我们从日常的庸碌中寻找有意义的事情去做。除了温饱、生存的尊严之外，还有什么值得我们去享受？所有可能享受的东西都不是凭空而来的，钞票需要人劳动，诗歌需要人练习虚无的缥缈境遇，音乐和绘画需要人会聆听和发现色域的惊喜。只要你活着，做任何事都不容易。但只有走过曲折的羊肠小道，才能享受孤独和寂寞，也才能享受巨大的惊喜和创造奇迹的自我。由自我的存在，才能看见火树银花融尽了寒冷的白雪，你等待着，不是凭空消失，而是历现出原形，你的原形保持着你的故乡、出生地、旅途、幻想和践行一切梦想和爱的历程。

蓝得炫幻无忧，但我知道时间很快，你在等待，我们都在等待。万川肃静，忧我之心，就像苍穹。行走匆忙，只待灵息缥缈之旅，遇见我心悦的语言。

云那么好，天地万物那么神秘；水域人文那么神奇，苍茫那么招魂……

天太蓝了，除了云南，这是我看到的最美丽而干净的天空。2021年11月23日，我在黔南福泉看到了最美的蓝色天空，永远的天空印象。

我在蓝色的天空下想象，哪一棵树会结出苹果，哪一条河流会来到家门口，哪一个人会成为你看到的风景。

只要想起院子里未收回的衣裙，就会想象在夜里无意识中一片片落叶滑过了衣裙的皱褶，某一只夜莺有可能会在飞行中拂过它的衣袖，结束黎明时我会跑下楼去收衣裙，上面有薄的雨雾，也有夜莺滑过时留下的暗喻。于是，我故意懒得去收回它，一条衣裙也能让人产生这样的幻想。那么面对浩瀚的长夜，我们将有无穷无尽的虚构推理，用于生活语言的壁垒，使它稳住那些缥缈的意象，留住梦中的约定。

　　远方，其实就是现在，此刻。阳光如此璀璨，点点滴滴都在袭人心魂，一个人的一生向何处去，其实都是在追索并为之践行：从草木万川下浮现的梦境，而现实则是梦境的摇篮。我们所倚之身，依附一个苍茫的现实，有了它，我们才可能产生与世态的亲密关系。

　　燃灯意味着有光芒，很多年前，夜里抵达一座寺庙，里边只有一盏灯，却跳动着火苗。那夜，我宿于寺庙侧边的客房，又有了一盏灯，半山腰只有那座寺庙，几盏灯，几个僧侣，还有住进客房的旅人。那是一个奇妙的夜晚，我望着那盏灯，终于不得不闭上双眼。但夜里还是那盏灯，辉映着冰冷的穹顶，我像一只夜蝉累了困了，睡过去了。

　　　　一阵咆哮预示了河的来临。雷鸣，大片闪光的水，绚丽的蔚蓝色，紧张的生命，一道道双瀑泻入一个岩石小岛暗礁的周围。在下面，飞沫浓成淡青色的涡流，疯狂地急速旋转，把它自己的泡沫卷到一个不可知的命运中去。在这样的喧嚷之中，尼罗河诞生了。

　　　　　　　　　　　　——埃米尔·路德维希《尼罗河传》

写惊悚小说的作家和诗人有相同的尺度：总是依赖于忧伤的力量，将看见的诗和黑暗献给不可知的伟大苍茫和时间，因此，没有答案告知明日我们在哪里，将抵达何方。

又看了他的电影《007无暇赴死》，这是一个缺少英雄的时代吗？这是他的告别之作。一个银幕上的特工，带给了我们从黑暗中获得光明的勇气和欣慰。

所有虚拟都在梦中得到满足和延伸，哪怕是遍地泥浆，风中奇缘都能生出你梦想的因果。此刻，没有风啸，世界美如暗夜，美如沉沦，美如一个女子的背影轻薄孤僻地化为乌有。

我们所经历的苦，都是艺术的训教：微雨，但还不够冷。有时候，更喜欢那种刺骨的寒流冰川将你笼罩，就像身上完全结冰的感觉，直至感官完全麻木后，再渐渐地看到儿时划火柴时从手心中散发的细如蚕豆般的光。人，需要绝望沉沦，也需要漠然凛冽，但最终你需要一间房子，隐蔽而又敞亮，千千万万种活法都离不开苦厄和幻想。这是最公正的生存学，不同的是我们既有如晃动万花筒中变幻的碎片时的惊喜，又有如履薄冰时的惊慌和勇气。

为什么人喜欢在天蒙蒙亮之前，为启程远方而谋划并为之激动？

漫长，是过往和未来之间的距离，体验这个词，就是聆听暮鼓晨钟。我从银色手镯的无意识碰撞中感受到了漫长，语言之奴役是漫长的，它让我从不敢松懈，语言像井水般将我的投影罩住，又像金沙江的沙砾急流呈现出岩石峡谷地热；漫长岁月中的煎熬从来没有停止过熔炼术的秘密，一个投身于漫长词系的人，要经受得住离别长相忆，要在无数的台阶上感受到石板上的裂纹。漫长，是悬崖之上的光影，也是羚羊挂角，纵横而过的闪念。

　　冬天更让人清醒。微冷，更适宜生命深呼吸。让身体触及冷，幸福的人或不幸福的人没有多少区别。幸福是一个非常抽象的意境。人，都在守候着自己的古巢，哪怕它已经是废弃荒野上的标志物，却总悬于生活的地理位置上。有时繁荣，是因为有盛夏的烈日；有时寒冷萧瑟，是因为心向枯荣中的起伏不定。幸福或不幸福都要面对时间，即使是钻石之光也会在指缝中消失，更多的日常是面对从庸碌中产生的激情，只有它会携带着充满疲倦的你，去一个幻生奇迹的翅膀上飞行或滑翔于瞬间的闪电之间。

《幻生书》——献给生命的异幻之书

很早，风声吹醒了我，新生的一天
我该爬上山冈，去看看忽隐忽现的美学
这一天，该多么美好。穿上新衣服
到半山腰去沐浴。那里的露天温泉
有热气升腾。寒冷被西南的屏风遮控
有好久了，失去音讯的蜂巢又挂在树梢
酿蜜人占据了风水，面对千万只野蜂

新生的我，有多少种力量，用于欢喜
平衡器中有蓝色云朵，从东方移动到头顶
触摸吧，那些身怀绝技的人
总能让身体开出花。这好像已经是深秋
我爱上了你，远或近，如此多娇
窸窣声中野蜂穿过了盆地来到了高原
乐器佩戴在每帧树叶中吐露着真言
这新生的一天，风吹醒了我

安于黑暗的心灵，总能夜行于梦中的方向。在梦中人们的表情各异，闭上双眼在陌生的奇境中，像夜莺般栖身和吟唱的人多么幸福和满足。

我别无所求，我乐于让阳光晒熟，我的眼光满足于所见事物，我学会了看，世界变美了。

——赫尔曼·黑塞

爱这个世界，意味着我们要融入一切变幻，在变幻或不变中，成为自己。一个鲜活的生命需要多种多样的从本质到外在的成长，哪怕年岁增长，我们仍需努力成长。接近一棵树的茂盛或苍茫，需要乌托邦的精神，也需要在尘埃中生活的妥协和持久的勇气。

《带着幸福的灵魂去拥抱你》，幸福，是一种什么样的状态？我想起了柴火燃烧，围炉夜话，夜空皓月，迷途知返……这些都是幸福的状态。明天应该是纯写作的日子，只要能写作，所有的黑暗和孤独都是上好的琼浆玉液。

时光是自己的，我们总是从历书的拂动中获得启示，为此启航，无论过去、此刻和将来，生命的气息总在缭绕，我们拥有一个永不言弃的传袭，那就是成为自己。

虚拟的世界看似脱离了一切苦难，而更高级的享受在于我们自始至终，在世界无烟日的时空楼阁中，感受到了时空在飞逝，我们只不过是故事中的时间。简言之，世界在变幻，我们只不过是四季中的一景一物。缀化了虚拟之梦，又从梦中逃逸而出。然而，虚拟和现实使我们活得更丰富和忧伤——我热爱这样的状态，并沉迷其中。

偶遇这棵挂满果实的树，随同时光增长，在我挚爱许多不期而遇的美好时，我也会渐次抛下那些让我不知不觉厌倦的东西。我们可以选择，这是因为语言是一门无穷无尽的艺术。命运亦如此，同样充满了不可穷尽的可能性。明天是美好的。

下单买了一双粉红色的马丁靴，怎么也放不下这个色彩。正像虚无是一个词，有时候一双靴子也是一个词，一种炫幻，一个破灭之后隐约上升的暧昧，类似言之不尽的生活带给我们的滋味。尝试一种颜色，仿佛谈论爱情——这是一种最虚无的轨迹，你找不到任何理由，找不到任何答案。便想起了《呼啸山庄》中荒野中的呼吸声,那些透不过气来的语言,还有《英国病人》,这两部小说不仅有毁灭者的爱,更有那些无法穷尽的虚无和缥缈——也许这就是理想中永恒的爱情。

寻找的过程就是写作

  出门去做核酸检测,这是我们当下的背景。天空很蓝,它不知道人间词话中有多少变幻无穷的事,天空继续着蓝,我们继续生活,继续隐忍或逃离。
  早起是习惯,有些习惯成了生活方式。感觉到天气会很明媚,看半小时《哈扎尔辞典》,语言是沉溺时间的河流,里边不知不觉翻滚出白色浪涛,底部有泥沙。在两者之间,天与地让时间有距离,只有足够的距离才可以讲故事,考证时间之谜。你好,生活。
  今天是一个特殊的日子,其实每一天都平常又特殊,我们不断往前走,抵达尽头后又往后走,灵魂才开了窍,原来我们一直在循环中往前走,在一个圆圈中走,因为地球本来就是一个圆圈——灵魂开了窍,似乎就到了另一个星球。带着满身尘屑者,如何去另一个星球生活?是的,这是一个问题,只有放下问题才能往前走。有时候,人就想彻底地消失在语言尽头,再回来时已经是重生。

李泽厚这个名字，从 20 世纪 80 年代各种文学浪潮中涌来时，我们正在学会仰望星空，而满地尘埃处是我们青春的心跳和迷失，我们曾迷失于李泽厚建立的美的历程，也同样迷失于叔本华、康德、尼采等思想哲思录，后来我们又迷失于维特根斯坦、罗素……伟大的孤独和寂寞造就了影响一代又一代人的精神和思想史。此刻，九十一岁的李泽厚先生已逝，愿他走好！满地落英，四野肃静，亦有新生的叶芽待来年春光破土而出，对于我们这一代人来说，仍然需要恪守并追索我们从内心上升的光芒，也许这就是今天从平静的哀伤中产生的力量。

哪怕世境有多少核武器，梦里仍然稻花香。艰难时刻，关上门窗。

天荒地老或地久天长，都是寄寓于时间的不朽和永恒。我们只有被时间所消磨，才知道时间可以让我们成为奴隶。一生为奴，为你的所向而付出代价，自由就是从尘埃中仰起头来的时候，风过来了，驾着云图过来了。

有些语言像水一样干净透明柔若无骨，而有些语言沉没于泥沙，也会熔炼出金子——语言可以在任何地方生存安居，重要的是我们要找到它的去处。这个寻找的过程就是写作。

时间就像一支手中夹着的香烟，只要你点燃它，总能感觉到它化为烟灰的过程，烟灰被弹下时，时间已经到了另一个时辰。这是吸烟者的感受，而另一些从不点燃香烟的人，同样能感受到烟雾般的距离。当人站在月台上时，很想沿一条轨道进入另一个星球，而此刻，火车来了，车门打开时，看见的是箱子、旅人,这同样是烟灰色的幕前幕后。每一种生活都在悄无声息地燃烧,有些生活需要火点燃,另一些则在没有烟火中燃烧成了灰烬。当我们沉浸在热烈的时间中时,其实是为了完成燃烧的使命和好奇。那些优雅地用手指弹下烟灰的人,以及那些用心灵完成燃烧的人——经历了怎样的时间,又经历了多少种瞬间即逝的秘密?

诗歌写作并非青春的浪潮,倘若一个人将诗歌写下去,一定是命运的安排。因此,在青春的激情以后,人面临的是另一种写作,我写作,并非坚守,而是我生命的需要,因此,我跟写作的关系,是一场温情脉脉的持久战役。《抵达之美》是一组近九百行的诗歌,感恩《大家》杂志第六期,以纸质的形式刊登了这组长诗。这是我第一次在刊物上发表如此长的诗歌。早些年,曾经在《诗歌月刊》《花城》《作家》杂志发表过近五百行、八百行的长诗。感恩所有文学刊物,给诗歌留下版面。在这个略显忧郁的初冬,它于我是一种拥抱和安慰。

太阳升起落下,之间的区别,让我们去感受。在偏僻之壤,人们通过观日月星辰掌握了时间节令。而在我们猛一抬头时,太阳又落下了,它是从地平线上退隐的,带着最后的光圈。人们以各种方式追逐落日,也必然用各种方式迎接曙色,这是两个重要的轮回。除此之外,太阳在云图中千变万化、忽隐忽现的功能给我们带来的是人间的蹉跎。今天是十月的最后一天,湿漉漉的草地,雨后的云层,恍惚的岁月——是的,这光束无处不在,它仿佛在跑,其实是在移动,准确地说是在魔幻现实主义的结构中变幻。此刻，刺目的光又出来了，它将灰烬照得更干净、彻底，待会儿，还有橙色的光。我喜欢面对光的折射和摇曳——这是因为我的灵魂和身体也在寻找光时，不知不觉地像晾衣绳上的鸟儿在走动。潮湿的衣服晒干了，有一种野葡萄和向日葵的味道。

明亮而幽暗，我们人生的全部光泽；冲突和融合，我们的所有主题。十一月，隔离和屏障，一年中最后的时光，现在，个人主义要么隔离要么呈现：犹如这个季节，我们为此等待的寒冷，以及肌肤之上一朵春天的蜡梅。

雨后散步回来，荒凉而又充实。在荒凉中存在，比在繁华中浮生更能回到自身。那是一个可以触摸的世界，所有的存在都充满了天真的幻境，哪怕是折断的树枝、受伤的小鸟，都以本真的模样在追索着时间的神秘。这是一个超越生命本体的存在，语言在神秘浩瀚中游荡，最终回到自己身边。

每条河都有源头，每个人都有源头，每个故事都有源头，诗歌的源头是找到自己从哪里来，到哪里去。刚完成了三十首十四行诗《女诗人》。一阵雨丝后，阳光碎片似的来了。我们的源头，就是从哪里来，到哪里去。这是写作者终生存在的写作问题。

脆弱地活，消极地活，颓废地活，幽默地活，嘲讽地活，荒谬地活，积极地活，虚幻地活，现实地活，沉默地活，聒噪地活，艺术地活——数不清的活法姿态，总在铲除内心的病毒，以接近幻想中那个无忧无虑的日子。我们已经习惯了幻变，慢慢地开始变得从容起来，做我们该做的事，毕竟，我们仍需要活下去，必须收拾好被风吹落的叶子，给花浇水，给自己的身体洗澡，将自己收拾得干干净净。这样才可能在这个举棋不定的时刻，目送落叶飞逝，迎接寒露霜降，待春天到了，我们依然好好地活着，这就是传奇。

> 云朝上升起如一块沉重的石头
> 失去了它的沉重，经由那同一个意愿
> 把绿灯转化为橄榄色再到蓝色
>
> ——华莱士·史蒂文斯

> 我轻声细语靠近云朵，为了获得一场睡眠
> 那些轻盈的羽毛笔尖上的蓝墨水啊……
>
> ——海男

今天，各种消息，年复一年，日复一日，时复一时。很多年前不会感觉到生命如此匆忙，也不会感觉到井水那么深，江河急流那么湍急，海洋那么浩瀚……那时候无知无畏，胆怯而又狂野，而此刻，思维和跳跃，容不得你质疑，生命远比你经历中的更脆弱，也比你所负载中的要更艰辛幻变。

一生中总有一个时刻，在雾中呼吸消失踪迹
一生中总有一个时刻，在云中观羽毛的咏叹

是的，想到你，我就会激动，或许这就是诗歌的源头。一年中大部分时间，我都与你相处，日夜厮守。期待我能继续增长诗艺，梦想中我总是不安地靠近你——在漫长的时空中，我们一直相互熔炼，从燃烧到冷却，从灰烬再到烈焰，我是多么爱你！

霜降，一个节令。就像回到了老家，人所谓的老家是出生地，是籍贯，是贯穿万物复苏生长凋亡的原乡，也是词的根据地。多年来，我在这些心灵或身体中的老家安居生活，有激情微笑，更多的是与那些幽暗时光相遇。这几天各种道德纷争不已。人，是一个并不完美的容器，因各种瑕疵而遭遇命运的嘲讽。人，面对时态时，也是一个荒谬的短调或长调，在所有杰出的作品后面都是演奏和书写者的孤独和挣扎。在光明涌现的地方，人都在朝前走，而在黝黑的暗夜，也有人朝前走。

还是雨，没有停下来的雨，没有停下来的呼吸，没有停下来的黎明，没有停下来的黑白键盘，没有停下来的演奏——正因为无法停下来的时间变幻无穷，天鹅戏水后飞往天空，雀鸟从天空飞翔回来在人间筑巢。停不下来的是网速，缓慢的东西快得无法追上，人的命运在互联网时代无法停下来。雨，仍然按照十几个世纪的速度落下来，它不会改变，只会滋养干枯的土地，心跳也不会改变，仍在为幻觉和分秒间的时光而跳动。

天冷下来了，只要下雨，天气就变冷，是的，停不下来的是生活。没有任何分秒为你而停留，只有语言为你而溯源，善待语言吧！只有语言会保留历史的真相和梦幻，善待语言吧！

接近新年，虽然很多事未了，但我们总需要往前走。时间总不够让我们虚度，年华似水总疾速而逝。岁月越来越苍茫，但春光总会有的。

沉思于符号，结构于大地草木万水千山者，需要找到钥匙，无论是铜锈还是金属，在写作者身边，都是蹉跎的时光。一个没有用内心历经沧桑者，无法迷历于时间。我们讲人类的故事，就是在苍穹之下成为黄沙弥漫中的一粒尘沙。

长诗，是地球的史诗，也是中国汉语史诗的一部分。中国长诗奖从佛山开始，延续到了第六届。长诗就像金沙江、怒江、澜沧江，它们有源头，也有奔向海洋所途经的陆地。感恩《抵达之美》获第六届中国长诗最佳成就奖。感恩朗诵者。感恩中国长诗组委会。

昆明太早地迎来了春光。而此刻，我将在天上飞两个多小时。每次在云端飞都感觉长了翅膀。我们飞吧，哪怕是梦想，让我们乘着朵朵白云飞吧！

夜晚习艺或阅读，习惯中的习惯，孤独中的孤独，海上的钢琴师或岛屿，我们就是这样生活的。忘怀于时间中的时间，人，渐次疲倦，幡然醒悟，为黑暗而驱逐，终成一波浪，即美学。

书的制作就像黑夜的功能，从封面到函套，还有隐现的文字。写书替代了别的劳动,能够沉溺于语言,仿佛就像迷失了灵魂,写作就是将迷失的灵魂再找回来。

一颗沉入庸碌的心,无常而又厌倦,待到黎明裙子曳地,众鸟穿过,请再将我唤醒。

一堆红书,一段漫长的旅遇,一个巨大的虚无,一些语词的燃烧,一条晶体的河床下我的人生。

我们的身体为什么需要黑暗?因为我们的语言借助于身体,在黑暗中遇见了无限好的缥缈中的自己。

写作，在这个世界上纯属个人行为

　　写作，在这个世界上纯属个人行为。当你热爱上了写作，就意味着你要避开喧哗和公众话语的笼罩。写作所延伸出去的是数之不尽的长夜和白昼的孤独。2021年快结束了，接下来的时间，仍然是长篇小说、长篇散文、诗歌三种文体，在交叉中写作。一个人持久地写作，靠的不是勤奋，而是你对语言的需要，以及命运会不会让你成为一个永久的写作者。我的语言下是汉语的词根，一个写作者如果没有使命感，就不会独立地去经受磨难和奇迹。

　　忧郁和激情是我的常态，是我写作和生活的乐谱架，我在上面弹奏着因天气、季节和社会所产生出的变幻莫测的东西。

　　　　我消失在我该消失的地方
　　　　我出现在我该出现的地方

　　　　这世上没有人可以替代你去承担责任和幻想

这是两个不同的世界。

慢慢地燃烧。就像在我的南部高原
我的裙子上挂满了荆棘和野生的花朵

一切事物都以稳定性立在此处,只有我们去关照或想象它时才会有微妙的变化。这种变化就是写作。窗帘为什么形成了皱褶?在我激荡的身体里,乌云消失了,太阳一点点地犹如蚕豆花开放,房间里顿时亮了起来。

冷雨飘忽,适度的忧伤是写作最好的情绪。安静如炭火缓缓燃烧,我此生的漫长熔炼。

面对夜幕,生命的崇高更趋向卑微。当战争结束以后,一代又一代人必将历经另一种沦陷。如果在战乱时代,我们一定在逃亡,这是共同的命运,而当硝烟已逝,一代又一代人的沦陷区域,如同海拔层层蜕变。在不同的海拔高度中有不同的野兽,灵魂演变了人的命运。

敞开明亮,欢迎明亮,欢迎明亮中的明亮。

语言中的不确定或飘忽感越强烈,就越能揭开一幕幕烟火人间的时间之谜。真正的时态属于神性,是无法穿透的。相比坦言呈现,我更迷幻于隐蔽的神秘语感。一个故事一个人的语言,在无穷无尽的宇宙中,只是一个个被你梦见的隐喻而已。

那些拂过我面颊的羽毛

有多少飞行的历史？此刻的我
像一个消失的暗夜枝头上的果实
此刻的我，换了人间。站在马蹄印下
仰起头来，看一个站在古道上的妇女
她正值盛年，双乳中有饱满动荡的气息

我们去过的地方或未曾去过的地方，是地图中的一道波浪线。我知道，人世间最有迷幻魔力的东西，永远来自语言那漫长的潜伏期，它像一个诡异神秘的谍影周游在我们身边，以此捕获我们生命的价值和意义。

我的时间，你的丰饶，亲爱的早晨，你好！

散步中途经的夜幕下，我们荒谬地存在着。夜风吹拂我，如果有麦浪多好。

早安，山茶花开了，整个云南山冈上的野生山茶花都开了。祈祷开始了，带着花开的喜悦生活吧，带着幸福的花开去生活吧！

即将抵达家门口的书《我与世态的亲密》。感恩出版者，感恩有所期待的人生，感恩写作中的母语，感恩在一切玫瑰之上的闪电和黑暗陪伴的时间，感恩亲爱的秘密时光。

一个写作者所历经的时间之谜，就是写作的母语，亦是人类忧伤的故事。弹指间，灯光弥漫，人世皆好，万般事，也是过去时，未来事。

在云南大地上行走后，将宿居西南一隅。之后，是漫长的沉寂和孤独，用于写作。

昨天大雪，我们在宝台山金光寺，宽心法师在柴房生火煮茶等候我们。徐霞客曾在明代将传说留在金光寺。烟雨中的金光寺，几近隐形，宽心法师亲自为我们煮茶，我们听宽心法师说黑暗和光明。时光绵绵，人心随时间远去。在银杏树下，我找到了自己。

给黑夜写一封情书，告诉它，我正在叠牛皮纸信封，我正寻找羽毛笔，我正寻找邮差，我正寻找夜色阑珊。

无限地忙碌，一年快结束了。最近完成了该完成的几件事，每年12月都意味着新旧交替的轮回。但还有长篇小说、长篇散文需要写下去，这两部书将延续到明年。诗歌是我的核心区域，越来越离不开诗歌。年轮越往上增长，枯枝落叶更多——这些东西更能唤醒语言的陌生感。只有在一次次陌生的语境中，我的写作生活才有冒险和快乐。

一个人，无论多么沉重，都不可能像礁石沉入海底。一个人，无论多么轻盈，也不可能像羽毛在苍穹消失。

柔软地活着，比坚韧更长久。水和花瓣，还有月光都是阴柔的美。艺术和语言的力量不在于显示人挺身而出的英雄主义，而在于遵循内心世界所隐藏的梦想和秘密，并勇于承担命运的熔炉深处脱颖而出的现实和距离。

今天在西西弗书店写作看书。时间总流逝得太快太快。正如现实主义作家巴尔扎克所言：既然小说被认为是一个民族的秘史，那么，要成为真正的小说家，就必须对社会进行调查。

我们所置身的时代有太多变幻无穷的时间，写作者生长忧患和苦役。珍惜每一天，每一个语词，就像珍惜爱和活着的具象。无论在哪里，所度过的每一时刻，都是我们将来的回忆。

新年伊始。

一个作家如果要持久地写作，对我而言有三要素。其一，永不丧失对虚幻力量的追索和践行，一个空想者，只会让一朵云从眼皮底下消失，只有跟随云去变幻才会寻找到广大的云絮神秘的踪迹。其二，永不丧失享受孤独并与此生活在语言中的能力。一个迷失在语言深处的写作者，才会融入你的时代、你身后的历史和未来的时空。其三，永不丧失对一个人内心世界的追究和熔炼魔法的时间历程，所有的作品都需要写作者历尽人生的磨难，才能抵达你的长夜和光芒。

> 燃灯让我们找回自己，夜晚太黑
> 我像爱自己一样迷恋有灯光辉映的时光

告诉我说：慢慢燃烧吧，继续燃烧吧，哪怕熄灭了，再慢慢燃烧吧！

白昼消磨我们的阴郁，就像被褥衣物只要被日光暴晒，总有一种太阳的味道，这味道有时像浆果、榴花，又像枯草、晒干的柴块。云南的阳光炽热，哪怕是冬日。这是一个魔幻的地方，只要有阳光，哪怕多么虚无，总能找到现实，回到你栖身处。光焰下你不可能让双手庸碌,一个写作者,总在使用一双手,就像农人。当手挪动时,光影在移动。黑暗在消磨着我们的另一种魔幻主义者的现实:面对灯盏,色块语言带着忧郁的醉意感,将我们笼罩其中。这两年,我的身心经历了太多太多的荒谬感,所有事都以无常而变幻莫测,这就是生活,也是写作。白昼或夜晚让我们产生了距离,伟大的距离,就像沙漠和海洋的浩瀚,在眼下,我的距离感就是在语言中找到钥匙,打开门,走进去。我亲密的国度和秘密的所爱。

天亮以前或天黑以后,是两个巨大的分界线
我们在两个时态中,从哪里来?到哪里去
——这是没有答案的答案,或许它就是我们
每天追索,在奔跑和忘我中感知的
在传说中传来的,看见或看不见的虚无

呼吸吧,我能给予你的,是几枝正抽芽的
鹅黄色。还有我的心情,在整个冬季
隔着玻璃、屏幕,独自变幻无常的梦想

我们以彼岸,形成了河流江川,以美德
构建碧蓝之海。海的深渊啊,我望不尽的海
离我又太远。此刻,我只有家门口的山冈

小寒，我喜欢节令，就像我喜欢穿上衣裙。

生活上的又一天，扫干净院子里的落叶。嘘口气，空气中永远有谜一样的味道，有时候，这味道，让我们饥饿，无论如何，生活总要为各种饥饿，找到粮食、音乐、语言。我们不能失去手的功能，不能失去与这个世界的亲密接触。小寒，天黑着，天亮得很慢，早起，永远是必须的。小寒，在云南，天晓以后，天碧蓝。我昨晚就看了天气预报，每天临睡前，必看天气预报。云图变幻无穷，每一个新日子，都是新的。

时间将枯腐和春光轮回于眼前。这是一个伟大的时代，这一代人以从未有过的勇气，勇于面对后现代后科技后互联网所带来的现状，终有一天，这一幕幕生死相依的故事，将成为语言符号学中的船帆，向另一个星球奔驰而去。

活着，这齿轮下的轱辘声，像古老的地壳运动，载着有生命气息的幻想曲，使我们为了明天——这乌有之乡的召唤，潜于这漫长的夜幕，让身体钻进新疆棉花中如同在白色云朵中远游。

尤瑟纳尔也是我最喜欢的女作家。作家是天生的，天生地沉迷于语言者，除了一生负载语言所带来的孤独，写作者还需要产生独特语言的熔炼——灼火中慢慢燃烧后的冰冷。

清晨，沐浴，诵经，扫院子里的落叶，写作，并生活。日复一日融入我身体所附的背景和日常体系。一个人，一个生活在语言中的人，必须对这个社会所发生的所有事，心怀慈悲，并管理好自己所有的情绪，而这种生活方式就是在写作。

现在，干什么？铺好了洗干净的床褥
青春已经飞逝了很长时间，像子弹
穿过墙壁，弹壳落下来，被尘世湮灭了硝烟

多么安静啊，落光的枯叶，不再发出声音
远方的亲眷，至爱的冰川世纪慢慢地融化
黑色的战马，又将我引入一座古老的城堡

亮起来的眼眸，终于在最后一刻遇见了你
你挑亮了灯盏，野菊花的香味从夜幕中飘来
我闭上双眼，准备将这一场虚梦载入堡垒

弹指而过的一天，除了语言，还有天空中的尘屑，2022年像梦一样袭来。我们能够左右的仍然是语言，只要你迷失在语言中，时间转瞬即逝。便想着古代的车比人行走的速度快不了多少。车轱辘发出单调的声音，那乏味的单调，让人产生了幻想。所以，古人创造了很多神话故事。能够慢下来的只有语言，这个时代的故事，在未来也会成为神话。活着的每件事，如同飞禽走兽们纵横，有一天都会变成未来的传说和神话。

相信忧郁的浪潮将会尽快过去
在我的生命中已经看见了枝头的春芽

作为女人，裙子上总有很多皱褶
这是必须的饰物，伴随着柔软感和起伏
一个女人必须禁得住妖俗和黑暗的考验

一个男人哪怕在黑色的原始森林里
也能找到斧子。我曾在久远的世纪
看见我祖先的祖先走出了那片黑森林

我相信在这个世界上，我们会失去那些
不该拥有的东西。就像金子始终在流沙中
漂泊，月光宝盒在天际远离我们的屋顶

    忙碌状态，时光就像草一样生长，又被割草机和风迅速地斩断。

    相信忧郁的新浪潮终将尽快过去，在我的生命中已经看见了枝头的春芽。打开天窗往外看去，背着山茶花的女人从山冈快走到城郊外，听她叫卖山茶花的声音，整个世界都会含苞待放。

    在重复中反复重复后，在突然的打开中，有意想不到的光亮，并保持着你惯有的幽暗，却又让你欲罢不能。言之不醉的迷醉，唤醒你忘却的记忆，曾经的旅途，幻想中的港口，正待飞行的天窗。这就是精美的写作史风格，一个人只有在不同时期的重复中，写出混沌中精确的梦呓，才能足够感动你的灵魂，也才能寻找到另一个在天涯海角漂泊的灵魂。

活着，是一个体现具体事物的现象，我们为之活下去，可以有多种理由，为了忘却悲伤而活下去者，必将用某种生活填补悲伤。为了虚无主义而活下去，是在用虚无战胜对于现实的厌倦。语言中存在的广大空间，就是从现实到虚无缥缈的历程，这是一个无限期的时间故事。现实太零碎而又沉重，而虚无又太轻盈无边无际，我们活在两者之间，才能活出时光的青涩或枯萎。

写作之所以伴随我

写作之所以持久地伴随我，是因为虚无，唯有虚无可以天长地久、地久天长。

那些丰饶的作品和传奇者的生活，永远沉醉在滚滚不息的时间中，伴随着波涛激流、阴晴圆缺和锦绣前程，被不朽的历程和深情的歌唱所拥抱，从不会消失音讯、历史的尘埃和天空，因为四季是分明的，月光和黑暗是变幻之境。干裂的嘴唇，疲倦的面容，深陷其中的诗句，闪烁之光，总是那么温柔的风语和燃烧的炉腔，就是蔓延的旅途、永恒的记忆，犹如灿烂的一年又一年的新符和太阳。人间词话，如此美意，月光嫦娥，你的声音和他们的故事，我的迷幻和存在，永永远远地开始和出发，这些都是虚拟和现实的遇见。

今年，一篇长长的散文，用其所长，消磨时光。这些贯彻每一天的蛛丝马迹，使我与现实保持亲密的尺度。使我沦陷，又能感受到一个人活下去，是因为有春风和秋色我身体中辗转不休。

在焦虑的时空中，还需要那些炽热的光线走进房间，同时也要寻找到属于自我一生的天窗。我带着意象去访问生活时，生活就在每一个细节中。我害怕辜负时间，总是将自己送到一个深渊中去历练，只有这样，我才会习惯黑暗，并能喜欢上幽暗而附体的光线，并能走出来，也能走进去。

只有在花朵的映衬之下，我穿着裙子走过黄昏前的栅栏前，看见蜜蜂们回归了树上架起的蜂巢。当我感觉到倦怠在眼眶中转动时，也会收回院子里被阳光晒干的衣物。每天都有无穷的问题，不再寻找答案，就像站在海边的女人只感受到了潮汐涌来，并没有意识到大海捞针也是一种奇妙的快乐。当女人面对鲜花时，就像重生般站了起来。我们不靠计算年月而度过生命的时空，而是每一天每一小时每一寸光阴地走过去。

夜幕，总是那么迷人，它会带来说不清楚的安静。所有宗教的力量就是让我们享受变幻无常的状态，揿入文字就是使用语言去揭穿生命中的秘密，尽管秘密是不可能全部公之于世的，然而，正是它的潜藏性成了语言的魔力。

早安，必须早安，这是一个位置或方向。当道早安时，又一次地，我看见风铃晃动，看见云的变幻和鸟的翅膀已经开始出发。好好地活下去，从每一个早晨开始，我似乎嗅到了奇异的早春之味，在外面，枝条上的嫩芽取代了枯叶，万物从不抑郁，它们分季节地穿上各自的衣服，我也该穿上那件早春的衣服。

《幻生书》绝对是 2021 年最漂亮的诗集之一。看见自己的诗集，翻开的同时看见了另一个世态，让我心跳加速。感恩百花洲文艺出版社，用心制作设计这本书的灵魂。里边所有的作品都是我亲手写下的，它记录了一个人与世态时光的关系。幻生于忧患，同时幻生于时间之谜，这就是书的灵魂。

出发在任何背景中都会发生，此时代我们经历了太多事。但仍然有很多人在路上，这阡陌纵横下的人间，我们的每一次出发，都是认真的，也是略带焦灼的。路上苍生无数，各自都有自己的抵达，如果路荒芜了，那么海上航行，也会失去水路。所以，无论世态如何，路上还是需要旅行者。

《色域漫记》是一篇正在创作中的长散文，用我在云南大地的漫歌，记录色彩构成的旅行，想揭示时光记忆中的色域景观。云南大地是一部天然的调色板，我将用此写作，呈现我的旅行记忆。那些万物万灵的春夏秋冬，构建了我画布上的色世界，也记录了时间中的云南色谱。这部书，是追忆中的色域漫歌、诗意的云南之旅，正是它们教会了我色的构图，形成了我画布上的秘密花园。

此刻，在旅途中的晨曦中，我又完成了千字，时间流转，我也在前行。早安，亲爱的时光之神。

美好的写作年华，消磨了我的颓靡和忧伤，新的语系犹如内陆荡开了黑暗。

写书，让我知道了早晨或中午的差别，下午和黄昏的接踵而至，尝试过分秒时光的人就不害怕寂寞。因为时间消磨尽了乘虚而入的那个虚无的影幻，我们就是虚拟和现实，就是活过了这一天以后，对于明天的期待。

喝酒，就要喝出微醺，那种想飞又飞不起来却又好像能飞起来的感觉，否则就是白喝，喝太多太少都不行。酒如果没有让你飞起来，就不是好酒，如果好酒喝太多，还没有迷醉，那就是浪费时间。

肤色在夜里越来越沁入黑暗，需要睡眠休整疲倦，以此让自己有一个被鸟儿唤醒的晨曦。

《幻生书》——献给生命的异幻之书（节选）

南方很少下雪，如偶遇一场雪花是惊喜，如遇大雪则是庆典了。我生活在大西南之隅，以遇见云图和植物为生活密码。内心的灼热感来自从低洼到半山腰的海拔高度，因而，每每遇到神意，就像遇到了语言。任何写作，都是在完成一次次的幻生意象。

我有安静的天空、寂寞的世态、火烈鸟飞翔下的母语词根，这些都是一间写作坊的故事。新年的春光又开始涌动，我在有火花的嘴唇上看见了花儿般的乐队已经开始演奏。

选择什么样的语言，就选择了什么样的人生或生活方式。读你的语言，就看见了你在飞翔或奔跑或驻守城池。语言出卖了你的秘密，同时出卖了你的灵魂。

语言对自己的奴役，就像戴在自己手上的银手镯，越是长久,如果你身心康健就越发锃亮。这又是无限境的一天,默默地被此奴役笼罩,永无期限。每个人都要被其所爱所奴役,又一年,我所致力的仍然是语言中的艰辛和孤独,这是我长久的囚禁之所和乐土。

这是夜里的照片,却像白昼,时空的真实性和虚拟不分彼此,就像肉身有骨架支撑着柔软。花儿们总是要与春光竞放。有我有你的世界,就有密码可解。

感恩著名当代艺术策展人、作家严虹为我的新书创作的九幅精美的书模图卷。

走一段路,歇脚之时,心在选择再往下走的方向。世上只有靠自己独立地承受你命运中的选择。剥离开躯壳,更多的是灵息在照亮你的心智。这一年,注定了要一遍遍地忍耐,哪怕是在强烈的光线中,也要找到视觉的平衡和短暂的悦怀之美。女性一旦热爱并陷入写作,就找到了一小口一小口地独饮那醉燃身心的忧郁和幻觉。

对于往后的人生我想得很少,也不想预支未来的焦虑,而反之,我习惯从眼下的现状中寻找到与我生命有关系的生命线索,就像写一篇长卷。哪怕是在漆黑的夜幕下,我也要面对花瓶中卷曲的叶蕊,感受到与我同时沦陷于时间的绚烂或凋零。

想去摘星星

　　沉迷于简单朴实的年华，善待自己，就像在旅途中为激荡你视觉的风景，举行着内心的仪式。夜幕中有雨水，在潮湿抒情中并未感受到寒冷。

　　《我与世态的亲密》就是滚滚的烟火、冰冷的灰烬后所载入的语言，它仿佛绳索缠绕着我的身体。年头前的繁芜总要织出层层的网，梳干净春风万里而来的路途。今天的阳光如此魅惑，我从内心深处喜欢阳光丝绸般的柔软，对任何世境，我都选择在柔软中独立而行。

　　女人，一旦培植了一种写作的习惯，就获得了一种强大的自由和监禁自我的辽阔。有时候，写作中的自由和监禁，充满了一种无限感伤和温柔的气息。

　　所谓年关，就是让人们忘却虚无，在烟火中感受到烟熏味。被烟熏着的眼睛里有水，烟熏着脊骨，让人挺立弯身去够到我们生活中的一切。过年，是美好的，幼年时的新衣服，是大年初一最好的礼物，穿上新衣服的我们会蹦跶着，想去摘星星。好好过年吧,所有朋友们,无论是品味山肴野蔌还是琼浆玉液,年关是必须跨过去的。只有顺心顺意地从烟火中跨过去,新的一年才会降临。

庆山,她写的书我是一直都关注的。如是一个非常边缘化的女作家,一开始她的书很畅销。她的长篇小说和散文体创作是贯穿一体的。一个女性作家,她的语言片段化,但每个句子都是独立的。不知道为什么,这是一位我期待能相遇的女作家,一位达到清晰理念而又充满感性知觉的女性,奇异的语言就是深渊,将我吸引过去。

散步是为了遇见那个最好的自己:没有厌倦和疲倦,没有哀愁和缠绵悱恻。遇见最好的自己,是为了爱上自己爱上的一切事物和人。

万物复苏下的春光总是来得太早,夜幕下的山茶花,相比于人,它们更容易心怀喜乐,努力修补自身的哀伤,填写好新的履历。无论如何,时间给予我们的所有磨砺,都是为了让我们更好地享受这个充满魔法和悲悯、滋养着爱和圣典的世态。

春　　颂

所有黑暗撤退以后就是一场浩瀚的春运航线
沿着动脉血管般古老的枝条舞动后的新大陆
女人们穿上新裙点上胭脂将去参加踏春舞会

男人们长靴下传来了又一场远征的铁蹄声声
这是一个冬眠醒来后的来自初春的长笛鸣号
所有播种的节令都要从梦乡移植出神的旨意

吹笛子的人走出了旷野叫出许多灵魂的名字
生命中注定的哀伤必将融入春天的花鸟广场
羽毛拂过了面颊燕呢声声中已筑好屋檐鸟巢

昨日告别的仪式早已结束了幽暗的蒙面舞会
从那一双双凝聚夜光的眼睛中是世界的尽头
花儿谢了又绽放在低矮的古城墙并顶礼而上

慢慢燃烧意志再将它插入云霄像羽翼般柔软
就像男人女人有无穷无尽性格为春光而幻变
带上闪电般的密码你就能爱上那古老的春色

好的天气就像人的语言，所过之处，都会留下干净的回音和辙迹。能够在复杂的人事幻变中归于安静，并不意味着失去激流的撞击。为了更持久地讲好语言的故事，我依偎的仍旧是由灵魂散发的光泽。

对你的爱，使我清醒
通往时间的白昼和夜幕

我不会让灵魂荒废

午安,时光太快了,语言是一个耗尽时间的领地。一个人写书,从年少开始辗转至今,不顾昼夜交替,沉迷或忘怀,只做一件事,让心绪绵绵如同白云和雨水,落定尘埃。

平凡的生活让人安心,见到花开花落已是常态。服从于心的奴役,也会寻找到出口。"有时需要寂静,如同我们在告别之后,才会确认一些发生。"

有时很近,有时很远,有时是百年或几十个世纪,有时就在刹那间,此际辗转,人的一生就在这里边眩晕迷幻重返现实又奔往乌托邦。经历了许多时光的磨砺,哪怕是钢铁也会生锈,岩石也会长出花朵。这就是写作!

不惊扰任何人事,就像走到树林中的人找到一间木屋,自然地走进去。

午后,如此安静,就像生活在几十个世纪以前。心安,闻香,百里外千万里外,我的祖国正在迎接除夕,尽管疫情形势仍然严峻,然而,终将过去。时空正轮回,一个崭新的世界就要到来。

好的,妹妹,人的情绪、写作、睡眠都有变化,就像云图天气,幻变是最好的。(一位同样是一家文学杂志的编辑妹妹,她叫我姐姐,我称她妹妹,她放心不下我的睡眠,担心我的失眠症,每次对话,我们都要说睡眠人生,感觉到亲人般的体贴,真是爱她,便在最后给她,也给自己,写了上面几句话。)

  人们对于过年的兴致仍然浓烈，外面传来了烟花爆竹声声。好啊，除夕后，春天就来临了。我生活的云南，好像春天都很漫长。放下所有的焦虑吧，这两年我们历经时代所发生的太多事，对于我来说，所有问题和彷徨不安，都将成为语言中的时间或时间中的语言。明天总是值得期待的，就像爱和语言之间的距离感，总有一种神秘的尺度让碧蓝天空中的云朵在头顶变化，总有一双莫名的手会划燃火柴的光，并将点燃油灯照亮美和黑暗。

除　夕

今天减去枝上斑点，如同减去悲伤
如同减去过于喧嚣的声音，如同减少脂肪
如同减法人生。天微冷，我的衣裙曳地
仿佛在新魔法中找你。白天很短
夜晚很长。过了今天，春天到了
带着幸福的灵魂去拥抱你的灵魂
减去多余的枝条吧，我古老的祖先们
总能翻越山头往下走，找到热带河谷
从鸟衔起的谷粒被风信子托起的邮路
找到纺织娘娘的线头，再往下走
就将拾到柴块，焰火就从寒冷中升起

聚宝盆地上我们为美食为爱痴狂

减去忧愁，减去绳索，减去万般苦厄

从地窖中抱出粮食酒坛，干杯吧，朋友

诗歌，无论在任何国度都具有安魂之力。是的，不要温顺地走进那个良宵。

因为有节日庆典，人生的幻术更具象化。让人们重返烟火，就像是用其节日迎来古老的渊源，只有回到源头的人，才会慢慢地讲述历史，这一代的历史如果从源头重新温习，就会在科技互联网中寻找到回归的故事。只有充满自由的国度才会让一代人又一代人讲述自己的梦想。

云何净其念，云何念增长。云何见痴惑，云何惑增长？

除夕夜，有雨夹冰，但过去了。所有事都随时间在增长，光明和黑暗彼此之间的距离，就是为了让我们练习忍耐和智慧。

除夕夜燃灯，供灯者如同世世的明灯。

我希望今天过得松弛安静，像往日，早有经文、燃香。晨曦打开，语言中跃出灵域，万物生长，春光明媚。心有灵息，行有尺度，爱有信使。也深深祝福亲爱的朋友们吉祥如意。

焰火仍然是一代又一代人的惊悚和绚烂之美，沉迷于瞬间即逝——焰火的梦幻功能犹如诗歌。每一年的此时此际,从城市到乡野都飘忽着焰火的美。人们仰头看那些散开的焰火,惴惴不安中带着惊喜。

活着,就是美感、耻辱、平庸、隐忍的艺术,接受这一切,并呈现,即写作。

小说,诗歌,散文,各种文体相遇,我在此之前以及余生,都带着这些亲爱的语言宝贝,其实是它们携带着我去寻找更多更多的词根,让我落地生根。

阳光又升起,忽隐忽现——这应该是人生中最好的格调,只有忽隐忽现,人才会趋近独立和自由。写作也是在忽隐忽现中——趋近一个词,铺垫转化又辗转他乡,生出炫幻和机遇——在任何艰辛和孤寂的旅途中,你被灼伤或点燃的那盏灯,有皮肉的疼痛,有被照耀的惊喜。

我说不出现在是什么滋味,尽管花朵绽放
门开着,一条缝隙与一条河流有何关系
最基本的温饱解决后,还有寒冷等待着
刚长出的新芽里有没有露水,有没有蝴蝶

春天需要什么样的草帽和一个女人的背影
她并不错过那辆已经消失在博物馆的火车

这一代人是吹着带甜味的泡沫长大的

他们终将在宇航飞行中去云端种上麦子

　　而我们也终将渐渐地忘情于竹竿上的倒影
　　那个拾荒的男人肩背着水泥钢筋下的废铁
　　那双像岩石一样冰冷漠然的眼睛在孕育着火

　　屋顶上没有结冰，南方的海岸线没有旅人
　　凸现的腹地里边是巨大的峡谷和一只羚羊

　　风，带来了新生的视觉，她心甘情愿地迷失
　　像早春的雾。微薄雨丝犹如她的嘴唇沉默着

　　《漫记色域》是一本正在温习旅途人生色彩学的长篇散文集，有几十个故事，每一篇八千字，每个故事都独立成篇。此刻，是立春的正午，温度在唯美中上升。我从网上下单了一条豆沙色长裙、几十本书，等待我的春光需要去践行。在书中我写道：我的生活就是从一盆火中散发出的白昼和长夜的交错，有时候，当你冷得哆嗦时，火焰就飘过来了……人在饥饿时，依靠本能，会在第一时间里，投奔有焰火升起的地方。

　　躲春，躲在房间里让万物复苏自由生长，待来日，整个春光铺天盖地而来。

　　　春光掩饰着悲伤，在天远地僻的西南

没有乌云密布。蓝莓色的寨子里
走出去就是洱海、高黎贡和哀牢山
——亿万年前巨兽恐龙们曾在此丈量沼泽地

十七摄氏度的春天

　　一个女人在炼狱中生活了那么长时间后，她的人间炼狱终于被很多眼睛看见。我们需要的是关于人性的从出生到成长的信仰，人之良善的润养和教育。如果做不到这一点，还会有更多的看不见底的深渊。

　　写作同样是一种宗教信仰，在于一生艰难的追索，舍下一切障碍。在一切障碍中修行，并获得历尽苦难的觉醒。

　　返回朴素，原有的生态文明，包括言辞、德行和良知。所谓全球化的科技和网络文明进展无法改变火的特性、人间疾苦，也无法改变词的属性和古老的春夏秋冬，慢慢地回顾温习最原始的时间之根，没有泥土的果木花朵粮食缺乏味道，没有伤疤的时间史就没有神性。

　　看着树叶在慢慢地转绿，关于链子的疼痛史，也关乎女性。这个新春，一个现象将人性之恶洞穿在我们的面前。我们只有默默地沉思和忧伤，但丁的《神曲》早就写尽了生命的哀愁和通往天堂的路。所以，人的信仰就是在建造自我的命运中，解决善与恶的矛盾和冲突，但最终都会寻找到回归的路线。

还是幻想这朵幽暗而魅惑的玫瑰吧！

早晨，一个无限背后生活的有限意味着生活的本质终将进行下去。今天应该是晴转多云，但值得期待的是我们充满了活力。只有活力才能感知人世间的故事。写作者应该有能力记录真实，创造真实或超越真实。

午后，从词语中走出来。太阳出来了，雨又来了。干不了大事，只有在小事中修尽人间苍茫；远行太寒冷，只有在方寸间感念万事万物。帕维奇在《哈扎尔辞典》中写道："传说他是最著名的捕梦者之一。他曾进入这一神奇秘密的最深邃之处，他曾成功地在别人的梦里驯养过游鱼，并打开过一扇扇门，到达了无人可及的最深处……"

致链子里的女人

你离花儿这么遥远，当你被黑暗挟持后
就远离了花儿。你曾是最美的花骨朵儿
但却被野兽的爪子带到了一个黑箱里
从地狱到炼狱，你的子宫黑漆漆的深渊啊

你不再是花儿，也不再是花儿的姐姐妹妹
你的血腥味开始腐烂，你的炼狱太长太长

你的链条生了锈长出了白茫茫的霉菌和病毒
你历年的沉疴已锈成了废墟。你还会尖叫吗

你替代生命完成了一个炼狱中的黑洞
生你的母亲和父亲在哪里
你戴着链条,你替代所有的女人咬破了嘴唇

罪恶或苍生下的女人,你还有浓密的黑发
你还有身体中的呐喊吗?你还是花朵吗
你还会咀嚼带血的馒头吗?你还有衣服遮挡羞辱
和沉重的肉身吗?你有出逃之路吗

女足赢了,一种大感动,给这个新春带来了红色。本来就喜欢红色,它鲜艳,避邪,喜悦——那些年轻的红玫瑰终于赢了。释怀,感动。一轮又一轮的竞技带给我们的是勇气、信仰,也有失败。但失败与成功都需要勇气。

所有的夜晚都会过去,所有的绽放都会降临
所有的链子都是铁器,所有的今天都是传说

天地都一样,唯有变幻的时间才能持久地延续,如同血液在体内循环畅流,存在的就是生命体系。任何存在都是命定的,接受命运的安排,就是人的修行和世界的关系。

慢慢来，无论织物还是情绪，都缓慢地过渡吧。感觉到空气清新，视野明朗——要做的事太多，年关过去。还是要借助春风，恢复激情和体力，只有这两者存在，才能在未知的时间中完成一些虚无的愿望，相比承载磨难和艰辛，虚无世界更需要耗尽你内心的力量，毕竟，那是一些比岩石更轻的羽毛，正像昆德拉的小说名《生命中不能承受之轻》。人们可以承担滚石上山的路，而飞翼的航线却是最难的，因为太轻了。

读顾随的《传学》："狂喜极悲时无诗，情感灭寂时无诗，写诗必在心潮渐落时。盖心潮最高时则淹没诗心，无诗；必在心潮降落时，对此悲喜加以观察、体会，然后才能写出诗。"

安静的夜幕下凉风不太凉，又走了一圈回房间。听不见任何声音，昆虫在睡觉，夜风也在冥想，春天到了，茶花开过了，梅花开过了，樱花正怒放着，桃花李花将铺天盖地地绽开。仿佛看见一群在半山腰的女人，她们锄地时不穿裙子，只有围着山火跳圆圈舞时，长裙曳地，烟火熏着她们的眼睛。

十七摄氏度的昆明春天，确实是好天气。尽管如此，这个春天仍有一种铅灰色的情绪，享受忧郁和焦虑，这是一个写作者必备的生活方式。我难以想象，一个每天在锦衣浮华中的生活者，如何去寻找语言。我们使用语言，必将与这个时代的世态融入，乃至贫瘠和废墟都是我们身体中的一部分历史。

能够遇见花，无论是任何时间，花瓣雨丝随风而逝，都要去看一看，这人间好得很，都是因为花开花谢！

古人的天下没有互联网钢筋水泥透明玻璃，我们读古人，只是沿袭一种精神，只有精神从古至今从不变更。美学原理依附在时间和个人的身体中，小我微不足道。人心是一个谜，只有心灵是一座巨大的矿产，沉藏于广大的宇宙空间。希望这座矿产被星神护佑，永不被欲望者开发，它应该成为史诗的来源。

掌握语言让它流动到沙器水域，并让它唤醒古老的舌尖，绵延不断。这是语言的梦想，说出存在或不存在的现实或未来。

写长篇是为了那些虚构的时间，长篇太需要时间了，从开头就像一个圈套捆绑着你，其身心必历经一座海洋或陆地的波涛汹涌。

写散文，就像在窃听心跳和周围世态的呼喊和私语，它能表达具象和梦想的艰辛和距离，它更能将碎片缀化成一件孔雀蓝的羽装。

写诗歌，完全是在抵达虚无尘世和星球，灵魂和肉体为了拥抱也为了告别举行秘密的仪典。

三种文体都是漫长的煎熬和熔炼。

> 住在美的世界里是人类一般的特权，这没有人能怀疑。但是对于诗人，这是那么重要吗？我知道，我们说到美的时候，我们意指各种各类的事物。但

是诗人本质上的特权,并不在于具有一个应该书写的美的世界,而是在于能够看到美与丑的底层,在于看到厌烦、恐怖,以及光荣。

——艾略特

一切都是最好的,我们虽常怀疑
最高智慧莫测,天道高深
到底带来什么东西
可是总发现结果美妙

——弥尔顿

我在这里,在窗帘的皱褶里,或者他处别乡,总之,我在一只暗盒中看一只蜜蜂飞出游戏或甜蜜,以及那些若即若离的人生——人们都在遗忘进行曲中疗伤,没有大事,只有无穷尽的小事,投掷骰子的意外和变幻无穷。人生即消遣情趣和苦厄,因此,我总觉得女人穿裙子更能让裙角曳地,更能在尘埃中成长,在幻境中找到暗香弥漫。

一册册书,同样是链子,将人生无意义转化为虚无现状。

正如朱利安·巴恩斯说的:多数人都只有一个故事可讲。我并不是说一辈子就只有一件事,人的一生有数不清的事情,这些事情衍生出数不清的故事。但只有一个故事至关重要,只有一个故事最终值得讲述。这便是我的故事。

边读书边写作：旋涡中的人生，也有缓慢的河川、安详的夜晚，也有值得拥有的语言中如同化石般的花纹，成年人的苍茫，老年人的童话，幼童们的羽裳……

人们期待许多节庆，更加俗世化的，其实是想隐形无踪，消失在美好的谎言和真相中，以此干杯和惆怅，这是两种虚无和现实的对抗和爱慕。

不敢多熬夜，早上起得早，我所有的作品都喜欢在晨曦亮开以后写作，语言需要感官最清醒才能表达。喝醉酒只能陷入炫幻意态，但没有酒是不行的，人在特定的时刻，是需要干杯的。酒，通往那个你清醒时无法进入的迷幻。这种感觉，一旦进入写作也会找到。男人女人不会喝酒是一种生活方式，但喜欢喝酒的人，一定更容易沉醉于语言。酿酒者首先就是一个魔幻现实主义者，酒窖是一个神奇的地方，就像语言隐藏了通往灵魂的居所。

所有的节日，都是为了逃离方块式的自我，寻找乌托邦。

所谓情人，更多的是想象中的一个词。从现实中出发，情人，就是漫长的距离或者海阔天空的世界。历史上所有的情人，都是与烟火背离出去的风景，他们没有深渊之痛，只有虚无之欢。

爱是尘灰、扫帚、火柴、车站、轮渡、粮食、纽扣、针线、收音机、百货店、缝纫机、纸飞机、帖子、帐篷、红蓝白……

最近，重新读一册册青春时期读的书。其中也有《唐璜》，强大的叙事性史诗，这些句子仍然如此迷幻。

在月夜下，有一种危险的安静

哦，爱情和荣誉，可望而不可即
为何尽在空际盘旋，而不见下来
这北极的天空中没有一颗流星
能比你们更缥缈，飞逝得更快
被拴在寒冷的地面，我们郁郁地
仰望你们给生之途程投以光彩
只见你们光怪陆离，变幻无常
以后就抛下我们在冰雪的路上

很安静，很安静。这就是世界的模样
——用不了多长时间，春雨绵绵不断

纸质书成为一种边缘化的物质生活，年轻这一代已很少从纸质书中获得乐趣，强大的互联网改变了世界，人们很容易互相删除，包括情话、秘密，包括友情、忠诚和浮华。写作这件事，只剩下了语言，写给自己，写给黑暗和无眠，写给随风而逝的自己。

喜庆的焰火还是延续到了今天，人们的喜乐都化升为短暂的灰飞烟灭。从明天开始,年关已经过去,现实中的现实,会让人梦醒。睁开眼睛,树枝上的新叶摇曳,衣服将越减越少,春天到了,人们忘却了寒冷和暗夜,又一个季节轮回,故事继续讲下去。

重读青年时代的书

最近一直重读青年时代的书。

请你这
邪恶的头盔受我这逃兵的敬礼

——弥尔顿

后浪推前浪
争先恐后地抢路滚向前去
若遇峻峭，便激湍奔腾

——弥尔顿

同时，温暖的洞穴、沼泽、岸边
同样从卵中孵育大量的小鸟

——弥尔顿

啊，大地，你和天何等相似
即使不说更好，却更适合于
诸神的居住

——弥尔顿

其他的
住处都被洪水淹没了，一切
荣华富贵都已卷入深水之下

他们滴下自然的眼泪，但很快
就拭掉了

说了这话以后，他们各奔前程

——弥尔顿

    是的，因为荒谬绝伦，产生了生活命运，产生了语言，从而产生了历史。

    艺术音乐诗歌小说的起源和存在，因为荒谬，我们有了体悟寒冷和温度的能力；因为荒谬是无穷无尽的，所以我们享受着这时空中的美或虚无所触碰的区域。

致 自 己

除了这花园小径微妙的苦涩荡起的味道
总有铁锈色战争中连接起来的混沌之戒
请宽恕我和每一个生命的痛苦之役

已经开始的都来自历史的人类沉睡魔咒
那些黑暗拐角的绳链从古至今都在舞动
死于荒谬,重生于荒谬,但总有曙光引领

请原谅我和他们在寻找时间尽头的那链条
那沉重的铁已经在一个女人怀中生锈腐烂
春天啊,我多么热爱你正在跳广场舞的妇女

但我还是放不下波涛汹涌中的孤岛和一个人
我还是放不下在笼子里的那朵枯萎的花
我还是想借助梦想让那朵花重现

我们都是链子的一部分,我们都在钢铁侠的
飞行中,寻找着晴朗的好天气。我们都来自
熔炼,我们原本就是铁和尘埃的肉身

只有灵魂在低矮的天空下渺茫地隐形无踪

理智与激情、冷漠与狂热、隐形与袒露——都熔炼成思想和艺术的尺度。

从早上五点到现在，时光总是太快。年轻时感觉一天太慢，希望自己尽快成熟。那时候并不知道成熟意味着什么。就像自由，当你真正获得自由时，就像歌词中唱的，自由得想要飞时，其实是戒律最多的时刻。往下活着的每一天，只是希望自己不要麻木，倘若一个人对社会状态越来越冷漠，无视他人的地狱，那么，无疑也为自己建造了一座炼狱。写作对于我来说，有一个虚构的体系，也必然有一个生活在其中的现实。我无法逃逸，尽管语言的延伸是未来，一个好的故事，一首好诗，既不是潮流，也不是道德训诫，而是抵达你出发途经的时间尽头。就像风一样吹来，抚摸你。

当一个人内心没有荡漾，宛如只有平静无波纹的水面，更没有深渊般的长夜漫漫，那么，这个人只应该享受世俗般的平静，最好放下语言。一个写作者写下的所有语言，都是来自内心的火，照亮了看不透的黑夜。所有的幻念和现实都是一场场闪电般的相遇。

> 我坚持着，因为夜太美，黑暗太炫幻，人生太无常，生命太多奇迹。

2021年最大的收获：仍然沿着我的语境在我身体的荒野和内陆中行走，而且始终将灵魂深处的秘密呈现给写作。并在其中感受到了悲悯和爱的密码，亲近语言就是与万物万灵为亲密伴侣——由此融入了这一年的悲情和忧郁，寻找到了生活与语言的支撑点。爱和激情在缓慢地蜕变为艺术化的燃烧，化为灰烬后再重生。

2022年最想做的：写一部长篇小说，一篇长散文，一首长诗和组诗，三种文体交叉写作。与激情微笑幻境赴约于曾经见过的或未曾见过的地理版图，抵达之谜就是一次次深渊式的写作和被爱所奴役创造的魔幻之旅。首先，要好好活着，努力活在现实和梦幻深处，并与孤独和谐相处，使用灵魂管理好自己的情绪和生活的原生态。

天气升温，节令始终如一，我自己的命运交给命运，我自己的语言交给语言，我自己的春天交给春天，我自己的哀伤交给哀伤，我自己的写作交给写作，我自己的幻想交给幻想。

生活，需要读书，失去它，整个身体仿佛失去了雨水光焰滋润；也需要融入世态，因为自己就是这尘埃的一部分，只有融入，才会感受到置身其中之痛；还需要活着，这是内核，所有动物果实都有皮毛，其内核，就是我们的灵魂。

在忙碌状态中，有各种气候、世界观，还有人间舞台。尽管如此，我仍然爱慕红色，便想起了帕慕克的长篇小说《我的名字叫红》，它是最广阔的隐喻。

我们要好好地活下去。似乎从我出生的那一天开始，世间总是充满了变幻无穷的叙事，无论是小事大事都仿佛在检测着人性的弱点，无论是贫瘠还是富裕都要承载不同的奴役，现代化的时间改变了荒谬中的荒谬,但我们仍在荒谬中活着。唯有纯自然的属性、未被文明进程改变的山川河流仍然像远古那样安静如斯。

红河州弥勒可邑彝族小镇,阿细跳月的原乡之一。我曾写过三千字长诗《阿细跳月》,这是地球上最古老安静的村庄。

所有问题和忧怀都以漫游的形态,通向远方。只有移动步履蹒跚才能证明自己是尘埃中的尘埃、谷粒中的谷粒、芯片中的芯片、凋零中的凋零、怒放中的怒放。

是的,罗素说,强烈爱好让我们免于衰老。置身其中的是时代、自我,还有幻想。更多时候,是那些远离尘嚣的幻想让我们坚守自我的热爱,哪怕这热爱是跟随一只蚂蚁寻找到它的城堡,也能让我们感到奇迹。哪怕这热爱是划燃一根火柴,点燃油灯、干柴,也会让我们眼前一亮。

以安静获得汹涌澎湃,以孤独获得时间叙事,以语言获得自由监禁和独立。

没有现在就没有未来,我们今天的所有言行都是明天的因果。你插过的花朵,就是你明天的颜值;你说过的话,就是你明天的旋律;你承诺过的,就是你明天的命脉;你舍下的,就是你明天的欢喜;你敞开的,就是你明天的辽阔;你慈怀的,就是你明天的拥抱;你写下的语言,就是你明天的传奇!

哪怕在天远地偏的地方,人们也都在索取幸福的密码。幸福,这是一个生命在无限的时空中遇到的一场风暴。当它席卷而来时,你根本没有预感到云可以飞翔,羽毛可以制作成云裳，腹地就是你的床榻，尘埃就是你的春芽，泪光就是你的晶体，玫瑰就是你的香气，敌人就是你的齿轮，闪电后金黄色的麦地无边无际。

《美如斯》是正在新编的诗集的名字，诗歌让我有机会融入时间的变幻无穷中，唯有变幻，才有艰辛苦厄，才有奇迹。这一年，是做仆人的年份，也是在万千苍茫时间中寻找美喻的一年。我们置身其中的时代，有局部战乱，也必将有自我的继续磨炼。诗艺的魔法需要更漫长的夜幕降临，独立的思想、母语的历史，赐予我激荡和安静。

我厌恶战争

我低下头，修剪着玫瑰。我能安心吗
在邻国，在任何一个国家，只要有血腥味
我们就咽不下面包、谷物，更难以置信
幸福就在身边，春光明媚，有人在恋爱

我剪完枝条，成堆的荆棘，偶尔刺伤指头
血沿着枝条，迅速染红了我的外衣
我能安心吗？那些逃亡者身后的冰雪子弹
我能不能说出哽咽的语言
我厌恶战争，是的，就像厌恶浊流和苍蝇

我插好了花瓶中的玫瑰。我穿上了裙子
　　我不能安心，在邻国，在地球上
　　只要有子弹飞，就将倒下去一大批俊美勇士
　　就将有一大批妇女的身心分裂

　　我厌恶战争，厌恶血腥和杀戮
　　我亲爱的地球和世界尽头的磨难

　　写作，就是熬过时间，熬过所有命运中的分分秒秒，熬过天黑或天亮以后无所不在的神秘的时间。

　　血液是红色的，也是蓝色的，当血液在身体中沿血管流动时，当然是红色的；而当血液激荡着肉体外的世界时，它既是火烈鸟可以飞翔，也可以是蓝色的水、悠远的白云，可以隐形变幻。有了身体还不够，肉体就是肉体而已。而灵魂可以是尘埃，也可以是夜幕，只要携带灵魂者，就必须忍受时间的煎熬，也只有备受熔炼者，才可以承载语言的世界。

　　一个只爱自己的人，永远走不出身体中的监狱，也永远抵达不了世界尽头的苍茫辽阔。

　　春天了，凡是大事或小事都是同样的。过眼烟云的事情消磨了许多人的才慧。生命太短暂，陷入沉思和梦想，比陷入欲奴要更自由舒畅。语言和一本书的构成，太需要像风一样轻盈呼啸着迎面而来，又充满蔚蓝而温柔的时空。

　　我们焦虑，像烟蒂燃烧；我们忧伤，像花朵凋亡；我们告别,像隔世之恋;我们触抚,像水面波纹;我们邂逅,像云穹变幻……最终,我们熔炼着,像铁的冰凉,制作成栅栏、头盔、安宁之心。

我曾经是全部属于我自己身体中的时间,那些微妙的火像细雨绵绵,浇铸着他乡和偏见。

无论是质疑还是肯定,都是时间中的时间。眼下,逃亡者在路上,隐者也在路上,语言也同样在每一段时间的旅路上,经历着我自己从感官到视觉的故事,那些可以传达并以耳语般的深情诉说的,必将是花冠上的一滴朝露,而此刻,夜幕降临,愿世界舒朗而安宁。

把锋芒深藏心中,用于语言,观流水波纹,赏他人的胸襟,穿自己喜欢的裙子,做一个温存的人。把烦忧寄寓山坡峡谷,在阴柔的目光下看见带刺的红玫瑰高于一切悲伤。

是的,重读尤瑟纳尔的文字,总有一种难以言说的幸福和战栗。好的作品,每一次翻开总有征服感。在20世纪90年代开始读她的书,先是《哈德良回忆录》,再是《苦炼》,这两本书无论何时读,都会让我爱上尤瑟纳尔。她活得很长久,就像她的书中奔跑出的灵魂。

为自己准备一种秘密

写作中有自我,我无法删除自我的存在,无论是何种文本,我所有的语言都来自身体,用身体写作并没有错——只有在身体的内陆,我的灵魂才能上岸。

三年多来,我们的无限焦虑,就像一条江河,有彼岸。我们站在岸上看流沙波涛涌过礁石,看那些白花花的巨浪微波。我习惯了隐忍,我不想用任何写作之外的语言表达、申诉生活,因为所有人都在岸边感受水流,感受远方的风云变幻;所有人都在等待中看见一线生机勃勃,也会像婴儿般露出纯净的微笑。生活继续着,一代又一代人的命运都是为了活着,寻找着幻想和希望。

在新版本《苦炼》中,尤瑟纳尔说:描绘深渊里的焦虑异乎寻常地困难,这种焦虑不是情感上的,而是形而上学的。

夜空好皎洁,愿人间仍然安好,虽然太多雾幔罩住了我们,但正是在无法确定中我们寻找到了答案,它就像一朵红玫瑰,黎明前夕一定会绽放。

这是我昨晚写过的玫瑰，它果然绽放了：美好的预言超越了所有沉郁。

有多少心浮气躁，正在湮灭人的想象力和智慧。

午后，寂静，只剩下自己的心跳，排除外来噪声的方式，就是走一段路，走出泥洼、凹陷地。剩下自己，平心静气地回到一间自己的屋子。简约的生活，像尘土般静谧，向绿叶致意。

克尔恺郭尔说："为自己准备一种秘密，这是一种怎样美好的忙碌啊，对之的享受是多么诱人啊。但是，在享受了之后，有时候又多么令人疑虑啊……"

重读 20 世纪 90 年代的许多书，真正的经典就是在任何时代，都替代渺茫的自己吐露了真言。

人生最大的修炼就是平静从容地享受无常。天气开始热起来，各种变幻、云图；各种各样的登录、删除、荒谬，还有虚无现实。

一颗心为之激荡时，烟火的熏味、尘土的杂草、栅栏上的锈红色、惶惶不安者的眼神、临渊的倒影，都是我的灵魂。我从幼年或者青年时就已经开始经历和接受了这时间的磨炼，所以，任何物事的变幻、同谋者的温情、隔离者的审视和猜虑，都是我生命叙事中的插曲。天黑或天亮，用手拉开的帷幕，在我的云南都是广袤无垠的生之民谣。它们在我耳边低语，无论是噪声还是蝉鸣，都是我心底的歌唱。

安静的神经此刻如同春枝上的夜色，它们缓缓移动，喜欢慢下来的节奏和变化。快速的旋律只会耗尽我们的时空；慢慢地变化吧，包括长镜头下看不清楚的风景和世态。

我会放下你，也放下我自己。在一本书里，我看见了昔日的蝴蝶标本，它仍然如此斑斓，看见它，我便放下了所有的事情，放下了回忆和梦。

现在说话的声音已经太少太少，多数情况下不说话就不说话，保持着缄默状态。语言存放在任何一个角隅，有流水经过的地方，洗干净并润泽了我干枯的语言；有问题的地方融入了我的语言并与现实成为盟友；有云来云去的地方飞逝了我的语言，并让它在云层中隐遁。

一个生活在语言中的人，也许是落伍者，直到今天我还不习惯看短视频等，每次打开一听见噪声就关闭。更愿意听风声耳语，观尘屑在空气中变幻游离，或者靠近田野上的一只只白鹭，看它们到水边饮水、求偶时的形姿。

所谓春天，就是一个青春年少的时代，无论中老年人都有机会重返这个时代。

燕子又回到屋檐筑巢了，也许是去年的那只，也许是更早前的那只。我站在屋檐下看它们茸茸的羽毛，它们露出半个身体，也在看我站在屋檐下的原形。亲爱的世界，明天醒来，我们还会相互看见。

是的，活着，像春光中绽开的花朵谢幕以后寻找又一轮春光那样活着，像水沸腾后冷却的凉从唇齿相依中寻找语言那样活着，像穿过的旧裙子被抛去后去到另一个无名的荒野上遇上了风摇曳着那样活着。

读书，仿佛在一条交叉的花园小径中行走。英国斯坦因的考古探险多沿古老的丝绸之路行走。一部极美的地理史卷，尘封的历史打开后，再次看见了他视觉下的西部地区的版图。

地球史都是需要人走出来的，我敬仰那些发生在过去时代的行走者的记录，无论多么艰辛，出发或抵达都充满了激情和信仰的召唤。

特殊的春天，通向四月。个人如此渺茫，尽管星空依然璀璨，有更多时候，看一眼天空，目送一只小鸟，忧愁就过去了。明天的太阳是新的，便又想起了海明威的《老人与海》《乞力马扎罗的雪》，每一代人的写作和生活都充满了海水的蔚蓝、冰雪茫茫的孤寂和寒冷。在太阳每天升起之前，我们已经醒来，相信明天的太阳是金红色的。

乌托邦，是托马斯·莫尔以旅人的足迹描写的16世纪空想社会主义的场景。自那以后，这个词语中的虚无，同时也延续了一代又一代人生活在乌托邦中的快乐。此际，星月缥缈，人间疾苦，都融为了一体。帷幕内外，都被时间载往明天，从黑夜过渡到晨曦，同样是一种乌托邦的永恒精神。

宇宙太浩瀚了，而我们眼前称之为生命的，是感官诱觉肢体语言，在动荡不安的春光灿烂中，总要有熔炼的魔法，才能让我们享受到身体之外的世态。

曾经的偶像，阿兰德龙带来了《佐罗》，带来了蒙面人，带来了青春的激动，带来了黑色披风下的旋律。今天，他选择了自己的最后宿命。他在清醒时选择了那世界尽头的安魂之乡，多么明智，多诗意。仍然是佐罗，佐罗一路奔驰而去的高贵神秘风范。

　　没有什么是好的，是坏的，它们都是种子，都是沃土或贫瘠。三月就快过去了，像是咏春调，温度平稳不上升也不下降。雨水还在后面，等待着淋湿我们充满灰尘的面颊。持续的朝暮色，来往于我们的幻觉，这是生的希望。语言可以融尽天下事，可以沉默，也可以隐逝，习惯了四季的色彩，习惯了保持距离的平静，唯有语言就在身边，在呼吸和饥饿中，与我始终厮守！

　　　　有那么多人还在寒冷中战栗，身穿棉袄
　　　　往洞里火炉边走去，让身体温暖
　　　　也同样有那么多人开始热起来，穿上裙装
　　　　到深水中去泅渡，让灵魂像水一样冰凉
　　　　这些隐藏式的美啊，从来没有答案
　　　　就被另一些时光所取代，夜幕又上升了
　　　　天空又蓝起来，枕头上的发丝和书页
　　　　仿佛蝴蝶一样轻柔地穿过了我们的屏障

　　春分，就是强大的绿世界将作为屏障，跃起在脚底下，升起在传达语音的时刻，看见从露台屋檐中飞出去的小鸟，那毛茸茸的小身体，开始了飞翔。我屏住呼吸，忍住了惊叹之喜，挡不住的鸟语花香，让生命忘却了忧患意识。

春天的山冈上有许多垒高的木箱，远远看去像古城隅，越走越近时，才发现戴网形草帽的酿蜜人，成群结队的蜜蜂在旷野中采够了花粉，正扑向蜂箱，它们将在这里生活一段时间，然后把自己变成蜜糖。这就是春分，想着这一幕，便品尝到了夜幕下的甜。我们必须幻想许多这样的现实，为了战胜忧患，我看见了山冈上的野花和蜜蜂，我看见了琥珀色的箱子立在半山腰。

我与过去的我同时存在着，有时是一个人，有时是两个人、多个人——我们在不同的时代背景中，成为一体，又成为多枝多叶多果垂挂，凋零又重生。就像一部书，有碎片，有完整，有伪装，有救赎、忏悔，也有流星雨逝去的喜乐，更多的是虚拟，久经风雨的层叠苔藓，脆弱而坚韧。默认吧，这就是我的灵魂，有时消失，但又被我召唤而回，附其身，像一棵树，一块青砖，一根弦，一块内陆。

一个不平凡的春天，我们仿佛都在成长。无论心理、身体、感知都在融入这个时世。尤瑟纳尔在《苦炼》后记中写道："要经历过爱情——在这个约定俗成的意义上——才能判断爱情；要通过历史，才能挣脱历史的陷阱——也就是说，人类社会自身的陷阱，历史只不过是它的一系列档案。到达那个没有人的时期。"是的，眼下，每一幕一物一景，都是历史的一部分，也是希望的一部分，倘若没有明天，就感觉不到梦会醒来，云雀会唤醒你厌世的肉身，只有明天值得期待。

漫长而无语的一天，任何东西都是多余的，只有人，这个用肉身组成的结构，有温度有血脉有心跳有爱、厌倦和悲悯的人，才是时间中的时间。我亲爱的时间，我铭记了你给予我的阵痛和梦幻，只有你，让我感觉理性和天空尘埃之距离。

> 能安寐者，得借助于天空皎月之微光抚慰
> 能安寐者，得借助于云絮下万物生长拥抱

无法言说的心绪，在此状态下生活需要继续……前所未有的白茫茫。我是一个容易产生焦虑的个体，但也会在一遍遍的祈祷中产生希望。每天五点到七点半的诵经，让我在晨光弥漫中接受着无常。相信地球仪就是一个巨大的转经筒，它让我们适应了春秋、白昼和黑暗，也将让我们感受无常变化中的哀愁和奇迹。这些神秘轨迹就是我们的诗或语言深处的深渊，有炭火燃烧时，也有不融化的冰川，有聚有散，是为了再次相聚。

2022 年 3 月 23 日，农历二月二十一，为您祈福！

清　　明

　　日月所思，均来自隐秘的角落，从某边隅产生的藤条，如旅者目光中的河流笔直而又弯曲。我们思虑，因为光阴似箭，从此处到漫长岁月，看见或看不见，一路上的尘埃、花冠上的璀璨、庙宇外的菩提，都是心中圣念。

　　诗歌的秘密，就像是小鸟飞着返回尘世，蹦跳着筑巢，无论是在苇草河谷还是在山地瓦檐，它终于张开小嘴衔起一颗谷粒，远逝于我们凡尘世态之外的天空之时的喜悦。

　　超越梦想的永远是践行，从局部开始，就像在旷野，一步步地从灌木丛中往前走，没有行走的经验，你就无法进入幻想中的区域。

　　远或近之间的事，如果拉近就是一片湖水和陆地。活着的意义，如果永远只面对一张白纸，那么，说明你手中没有工具亦没有原始的冲动——涂鸦能解决白纸的空白问题。

　　只有消磨你时间的那些事，让你迷醉中忘记了时间，也忘记了自己从哪里来，到哪里去。

父亲当年走得太早,我正值青春年华他就走了。父亲是一个俊美的男子,干净舒朗而又风趣。他总是叫我的乳名:小菊,小菊,小菊。此清明时节,谨以红菊寄寓缅怀思念。

我不喜欢苍白的色泽,一生与云南绚丽多姿的版图相遇。在我的审美中,即使悲伤和忧郁也应该是红色的、粉红色的、金色的、蓝色的、紫色的。在其色泽中显示的思想和黑暗才最为深邃,犹如仙境之绵延下更能呈现人间真容。虚构和真实,需要装饰和隐形,冰冷的石头上曾有绚丽的花瓣从天空中落下来,苍茫的太空中永远有玫瑰香弥漫。在斑斓的色块中,我们才会以黑郁金香的力量召唤另一个灵魂。

此刻,天又开始阴沉
正常的生活都这样,忽而晴
你的心情灿烂,不需要烈焰滚滚
只需要一棵树,笔直分枝上有鸟巢
让你遐思,幻觉使锁骨顿然松弛柔软
雨水顺树叶往下流,下雨了,你还需要什么
病毒或空难,必然让草帽从山顶滑落
燕子避开了浩劫。晚饭吃什么
蔬菜是绿色的,西红柿是红色的
橄榄油是无色的。酒神正在附近散步
我不想干杯,也不期待聚会
在这个无色无味无情无趣无人无远虑的时刻

我只想独自洗干净被泥沙弄湿的鞋袜
我只想独自一人插上一双翅膀到另一个宇宙
去尝尝白色的盐味，再去问候卖花姑娘
是否有我想要的那朵红玫瑰

黄昏是夜幕的脸，它正在上妆。烟火下的人间，有演不尽的一场场永不谢幕的——化装舞会。

最喜欢的时代，是我带着朦胧的青春期，是疯狂地阅读纸质书，不知所措的羞涩的眼神避开所有人的目光，漂泊游离，在一间八平方米的小房间开始分行写诗的时代。

最铭心刻骨的时代，是我开始在迷失的人群中找回了自己的时代。那时候，有酒精燃烧着我，有厌倦让我寻找新衣服，有错乱的舞步，有升降的窗帘让我学会了等待和隐形的生活。

清明时节

为亡者燃一盏明灯……照亮黑暗的每一个角落，给他们光明……

清明，无边无际的草在长，白天鹅在飞，天长地久在时间轮回中流逝。

一颗安静的心，让忧虑幻变成河床，这是写作者必须面对的汹涌激荡。

纵使我们只有柔韧的绵绸，用于捆绑散架的身体，但门前的岩石刚有羚羊穿过。

传说和现实就像风一样来来往往，真相和虚构推理，潜入了伪装者的艺术。

海，多么蔚蓝，云裳就是鸟儿的羽毛。我沿澜沧江行走，就不再饥渴。

  一个人将酒坛立在江边，当我的双手碰到了
  那束紫丁香，荒凉中有了一间房

想象空难或弹片，这些离我们很近，就在附近的地平线，只隔着一条江、一片山洼、一座水池、一块领地。在很近的距离里，还有病毒，这些秘密武器来到人间，是为了什么？清明节都雨纷纷，从古至今，不会改变。很多东西都不变，除非你去移动它，比如，云还是那么蓝，当你的目光与它碰撞时，云也在移动中漂流，像水面的波纹。比如，忧患，也需要移动，将它们转移到新的内陆，语言具有移动的功能。可以将雨移动到瓦檐下，可以将混沌移动到雨幕下，许多事物都需要洗澡，因为，春天来了。

  现在以后，我们都是传说
  而此刻，风跳着舞。耳朵像风扇
  聆听着，让空气滑过跑道、月台、晾衣竿

像未来的传说那样生长吧

始终坚信向日葵有生长的土地，在向阳的山坡上，如果农人现在种植向日葵，八九月间，硕大的圆轮布满了我们的视野，热烈的向日葵迎着早秋的风月摇曳，绽放着幸福的热烈和成熟。

下雨，这个季节，虽然世态很纷繁，但今天留下的文字很多。很欣慰一生中有语言陪伴。有很长时间，在现实中，将失去旅途，也将同时失去在陌生的路上与有趣的旅人相遇的机会。这些失去的故事，只待重现在写作中。此生，无论如何，都不曾放下幻想。每天看见鸟儿欢快地从觅食的路线中回来又消失，这样活着，太有格调。

从来都深爱我的祖国，我生于斯，长于斯，所以，我喝着的是地下的泉水，枕边洒满的是月光，使用古老的汉语词根写作。有时候，哪怕置身在无比荒僻的边疆，我也能感受到一座峡谷熔炼的词，使我的灵魂突然间安静下来。

世态变幻，我心依旧。保持常态，惜生命给予我的隐忍和生活方向。过眼云烟，只是浮尘。惜惜相依相伴，这时间的分秒，用于践行和修炼之路。

我们的安静和寂寥，是为了等待那条越过泥石流和千转万曲、纯净而绵绵不绝的汹涌激荡的河流。

眼下没有多余的时间纠结，很多东西很自然地就从繁杂变简单了。这也是写作，一个人非常艰辛蹉跎的命运，经过时间变幻,进入了最意想不到的奇境。

天暗下来,肢体接触到了夜幕的虚幻,四月是我最喜欢的季节,它是一年中最年轻的季节。虽然我已经历尽沧桑,但我仍然喜欢翡翠色的枝叶、花骨朵的羞涩、幼雏的啼鸣、朦胧的美学。

一次次地,我们都会熬过长夜,这也是生命的韧性和对于时光的守望,白天很短,夜晚也很短——因为有语言耗尽分分秒秒,有阴柔的女性特有的质感,让空气减轻负离子的干扰。这三年每个人都不容易,从都市到边壤,结出的果实里,都有历史的斑点。所有人都在亲历着各种魔幻的遭遇,无论是在高铁、机舱、海轮、村野,还是在房间和阁楼中的书房,我们在无常中一次次地学会了等待和祈祷。

世界上最好的乌托邦没有标准答案,对我来说,所谓乌有之乡,不是逃离,而是融入无常,承载忧患者的负担,感受时间变幻无穷的尺度。默默地感受一天又一天的太阳和夜幕的降临,就像在镜子里看到了双重人格的自我。在这个时代,自我早已微不足道,但只有管理好自我,才能看见天或地的奥秘。尘屑很轻,落在大地上,就变成了植物;水很柔软,在波浪中却能勇猛地前行。

雨季开始了,从此以后,农人将忙碌于培育秧苗,果树在繁荣中要防备虫患。每个节令都催人做该做的事。有时候,看见泥水匠、建筑工地的脚手架、外卖小哥、快递员,等等,都会从现实中感受到一种强大的生命力。尤其是看见他们粗糙的脸上的微笑，那一天，我会过得很单纯，从内心也会散发出一种莫名的、接近草木小河边苇草摇曳时的安心和感恩。

很多的花怒放，很多的阳光明媚，很多的忧虑、很多的空白、很多的杂物、很多的无聊、很多的厌倦、很多的沉默、很多的语词来临。

有新冠疫情低风险区、中风险区、高风险区，如同海拔云图，生长着各种植物，有不同的温度。每个区域的人们啊，都要管理好自己的身体，也在放逐着自己的灵魂。

以后的几天里，都是阳光灿烂。看天气预报成为我的习惯。事实上，无论是阳光明媚，还是雨天寒霜，我还是原来的我，也是现在的我——在我的小范围内，无限小的个人角度，维护好心灵，已足矣！

请允许人们用各种生活方式，寻找到片刻的喜忧，虽然这是两个不同的意境——就像两条完全不相同的河流，突然汇集又各自奔向远方，最终都要汇入海洋。

所有的哲学问题都必须面对迷惘，这些东西就像树荫陪伴着我们，有时候太阳暖洋洋的，你会显得慵懒，晒着太阳，看着一条蚯蚓在爬行。时间就这么过去，阳光晒干净的衣物，有一种沁入嗅觉的香味，就像麦子成熟的味道。而阴郁袭来时，裙子会发出窸窣声，你能感受到水的波纹，像墨绿色的叶脉。

不喜欢太多的饰物，但手腕上总有银手镯，它能避邪，最重要的是喜欢它银色的光泽。在云南，很僻远的村寨的妇女们，无论年轻还是年迈者的手腕上，亦都有银镯。我所置身的地理版图上的劳动妇女们，当她们劳作时，银色的器物会发出碰撞声——它不易碎，适应各种苍茫的时间磨砺。很多妇女还会将自己打磨的银器，以各种吉祥之物镶嵌在她们手工绣制的衣服帽子腰带上。快乐地发明出古朴而又有想象力的艺术，是妇女生活的特质，越是生活在高山峡谷中的妇女，越能创造魔幻的现实。

无常是美好的

晴朗的一天,维系着我们日常生活的是天气移动的云幕,农人在春天是最忙碌的。无常是美好的,它有意想不到的变幻神力。你在春天播什么种,在秋天就收什么果实。因果让人热爱每一天,你的今天,就是明天的景象。

永远的罗兰·巴特,重购他的一本书。他是对我影响最大的作家之一,永远让人迷恋。爱他,是持久的,他的语言的魔力对我一生的影响力也是永恒的。

是的,迷人的灵魂,藏在晨曦深处,它始终如一地承载着从低矮的视觉延伸出去的栅栏、河谷、青麦、燕巢,哪怕灵魂有时溅到了泥浆污渍,一场雨后,又变得干净清澈。

你好,我亲爱的灵魂。

世界上最黑暗的夜幕必然会带来世界上最明亮的白昼。对此,我仿佛感受到了交错的手臂下不期而遇的奇幻,只有它能与我长相厮守。

下雨了,有小冰雹。四月是不凡的岁月,我们的感官世界，从不拒绝忧郁和片刻的意外欢悦。便想起这张照片，那一年，留短发，蹦迪，喝黑啤，写作。

诡异的天气，阳光又钻出了云层。我们好好地活着，走几步，或许就穿越了迷雾。在每年的时光中，有三分之二是阳光灿烂，其余的是狂风暴雨呼啸。在云南有三个海拔冉冉上升，在热谷中可以煮熟玉米鸡蛋，生长香料和果实；中间地带天气四季如春，适宜人安居，但会滋长享乐主义者的慵懒；海拔五千米以上有白雪冰川，有转经筒，有云穹。

黄昏后要走很多路，移动肢体才会感觉一天就要结束了。而早晨则需要静止——那是为了让时光荏苒慢一些，为你而停留。每个上午是我最喜欢的时间，它被我合理地利用，用于静坐于房间，偶尔站起来，光线顺着房间过去了。写作者最需要的就是时间，如果一个人完全被生活的枝条缠绕，是无法写作的。这些年，来自我们内心的情绪可以熔炼出更坚硬的冰块，也可以让冰块融化。那一年，我坐在梅里雪山脚下的冰凌峡谷中，像丝绸般光滑的冰凌，有的像书架云梯，有的像人的塑像，有的像雪白的床单，风吹拂着冰块发出了吱吱吱声，如果细看，会看见裂缝下有雪水在静悄悄地流动。

一天中生机勃勃的晨曦，阳光过来了。忧伤于我，是写作中的元素，如光屑羽毛，如迷幻中蛰伏体内的细雨；安静于我，是我习惯性的平心静息，如静水过滤出了波纹。

为了美化春天，为了抵御来自四月的各种阴郁，在院子里的花台上栽上了我亲爱的花朵。

游荡,尽管恋人认为他经历的爱情是绝无仅有的,并且不相信以后在其他场合会重复这爱情,但他仍时不时地感觉自己身上会出现情欲的发散;他这才明白自己命中注定要在爱情中游荡,从这一个到那一个,直至生命的终结。

  身心沉浸。恋人在绝望或满足时的一种身不由己的强烈感受。

——罗兰·巴特《恋人絮语》

  我需要的空气粮食蔬菜都与你们无法分开,首先是你们的。我只需要一点点就能活下去。每次看小鸟在院子里啄食,就想去拥抱它。每次伸手,又收回来了,我害怕它会飞走,我害怕小鸟飞到树巢中去,观看我是哪一种生命现象。所以,充满尺度的距离是一门艺术,让我们在距离中产生欢悦吧。

  昨天栽下了康乃馨、玫瑰、月季、海棠等。对物景怀有新生的向往,喜欢书屋中每天有插花,学会在艰辛的日子里,与弥漫着暗香和绚烂的植物厮守。缓解焦虑感,在写作中找到自己的风格和语言。生之哀伤,从尘世而来,我们从来都是在这个问题中,衔接了深渊和天堂的意象。努力活得干干净净的,洗净泥沙锈迹,呼吸到四野的气息。这是我追求的状态和现实。

  只有变化的生命,才有越来越好的明天。

  沦陷,各种各样的事件,不仅来自沦陷区,也同样来自天堂。这一代人必须学会自律,守住自己的勇气和良知。而智者见智，这是另一片语言的沦陷，它不可以偏离开我们的时代。

眼睛为什么喜欢光？为什么我们情不自禁地迎着光而去？

无论空气中飘忽着哪一种气息，都会跟无以计数的气息相融，最后都被风吹散。已经习惯了感受荒谬和生活在荒谬之中，自古以来都存在着这些羁绊和自由的现实，我已经习惯了像从前一样生活和等待。使用语言就是等待变化的过程，告诉自己，在一个无限变化的结构中，终有一天，你会微笑着，向苍茫无际的时间深情地鞠躬。

无法去更远的地方，那些曾经去过的、没去过的未来想抵达的地方，成了一个个秘境。在封锁的屏幕中，人，只要拥有想象力，就能将现实的沉沙化为瀚海。而准确地再现生活，会构建一个巨大的乌托邦。

想起现在以前的自由，如今的屏障越来越朦胧，不可确定的思想和诗艺过滤着我们的心浮气躁，让我们学会囚禁自己的灵魂，就像金属或充满锈迹的栅栏里，那些有脊骨羽毛的飞禽走兽们，在此守望，等待着好天气和春秋的牧场。

一天的时间，可以看见在荒野求生的人们眼底的深渊和期待！

纸质阅读就像坐在河边看水面上的礁石，并随波涛而下，触碰感产生亲密关系，就像恋人絮语挟持着一场闪电和雷阵雨，之后，四野闭合，手中书卷有你的笔迹。书，可以在枕边、箱底、海上、陆地，陪伴你，让你微醺、无眠或好梦成真。

今晚就是崔健，这个名字和一场线上演唱会，带来了 20 世纪 80 年代的一场狂飙激荡的潮流。今晚 9 点开始的演唱，对于阴郁焦灼的四月来说，必然是一场梦的风暴和召唤。

潜意识中，涌现出白光和语言，就是你的一天。

昨晚看崔健还是无眠了，20 世纪 80 年代是崔健，90 年代是黑豹乐队，想念窦唯的歌声。

这座城市仍然人来人往，春风十里或百里千万里。

看望母亲，她熬过九十二岁后，仍在读《文摘》周刊，眼睛如同五十多年前，头戴宽边草帽，去培植她的桑园蚕宝宝。拄拐杖时，要鼓励她多走路，再勇敢一些。一个大孩子，一个衰老后再生的童话，一只鲜活的仍然飞翔的蝴蝶标本，每次见她，都心生勇气。

花，有妖气的、媚俗的、低级趣味的、尊贵的、神秘的、怒放的、隐形的、孤独的、幽灵似的、神性的、骄傲的、喜悦的。

满面的春光，是万物的原生态。生命只是匆匆过客，给自己一小块领地修为，熔炼，自珍自惜。

写长篇，不能画画，搁了很久的画。长篇需要漫长的时间，需要隐忍、控制力。中间也要写长篇散文，还有诗歌，这三种文体结构，就像是我的秘密伴侣。只要活着，就要学会拒绝多余的耗你时间的杂事，写作者需要的时间就是烟火。

多年以后，如果地球还一如既往地生长植物，让生命腾空而起又落地，那么，我们此刻所经历的生活，都是传奇。而此刻，该生长的树在生长，该凋零的花在凋零，该产生的魔幻在我们的出入境内成为一种常态。

从早上到现在都很安静，上午过去了。没出小区，历史，在静悄悄地过渡，千万顷波涛自有源头，也有归宿。

有明有暗，这是循环和量子力学的能量，我们在明光中走来走去，在暗中控制好自己的夜梦。两种光热，碰撞即能产生语言。我们现在历经的都是未来史，作为男子，应该勇猛而节制并深情待万物；作为女子，如能像一朵花，美而不俗，艳而不媚——男人女人，两种性别，就是历史学，也是乱世的量子原理。

离天亮还有些时间，很安静，故温习风声鹤唳。这世界好得很。

寂静是语言的根须，从此处蔓生出植被，我曾经无数次在云南广袤的植被深处行走，被绊住手脚，甚至睫毛上也有叶片，一个被语境捆绑者，才可能自由地表达。

底气和骨气在语言中化为了命运进行曲的主调，两种气息贯穿人生。

一生太长也太短，请善待你的语言。要相信，使用语言，永远都是在出卖你的灵魂。

一个写作者的语言和内心的那条关于时间的河流，总是相遇，只有持久地保持着流沙过滤网状的挚爱，你才会遇见那些充满神性的语言。

喜欢晚上的安静，微倦的肢体舒缓在夜色深处。走一段路，女性必须让身体动起来，这个习惯保持已久。走路时，非常松弛舒服。从青春时，就喜欢走路，现在每天必须走一万步。

被雨浸透的大地，万物生长。我们不断循环往复，找到水，引领心智，如同种子发芽，感恩又一个时辰，我安静地坐下来。

在汪洋的海上波涛中，能让自己做一滴水，已足够跟随浪花远航；在陆地上，做一粒土，已足够让自己开花结果。

很仰慕那些将内心的风暴、苦难、锋芒、忧郁、思想、抒情深藏不露者的眼底的光芒。

不管什么事，什么人，什么身份和命运，如长期交往，必需尺度，艺术的尺度，丧失尺度，则无法后续故事。这尺度，无论传统、潮流、先锋，都需要有风格。是风格造就了尺度和时间的考验，经受住尺度拷问，则通向未来星际。

诗歌行为，无论始于谁，都是一场漫长的回忆，从年少开始，内心就随沙尘和波涛远行。

你勇于承载自己的身体力行，就必然在后来卷入虚无和现实的立场，宛如一场皮影戏，你看见的幻影，是你自己，是小世界，是整个语词结构，是你全身心地从零度开始的燃烧。

一个诗人用其一生，用尽力气、魔法、艰辛和生活、虚无，只是为了写一首诗。

谷雨，一群鸟在树枝上欢鸣着，越来越多的鸟叫出了它们呼唤中飘来的雨滴，叫出了它们想寻找的谷物的名字。人，要充分地、积极地、努力地在这个有万物生长的天地间，庄重地、饱含喜悦地喊出自己的名字。

等待,培植了我们的耐心隐忍,过渡了我们的晦暗。四野外,庄稼正生长,时间是伟大的魔法师,它给予我们命运,让我们有贫瘠岁月的纯真和历练,也有沉迷于时代变化的迷惘和生活态度。谷雨,阳光升起来了,阳光将越来越热烈,就像我的红裙子曳地,太阳给予了我对于物事的热爱,以及等待和原创语境的激情。

温存地对待日常生活,对待你的命运;温存地恪守你的诺言和秘密,对世态保持着判断力和人性的态度;温存地接受自己和他人的弱点,让自己体内有温热;温存地让风和雨感受你的生命;温存地和自己好好在一起。

有些女人的漂亮,看上去很干净舒服,那是她们眼睛中闪电般的美。

人一生很艰辛,需要更多属于自我的时空,静悄悄地继续历练。

除了语言，就是他们和我们

静谧无声，波澜不惊——这是我追索中的来自身体中的内陆。

只要有一件事，书房外的事，就无法写作。一个写作者的处境，在夹缝小阁楼是最好的，只有在这样的地方，灵魂才能隐于墙垒，从缝隙进入的光线中，闪烁着语言的羽翼斑斓。总之，写作者的处境，只需要就像一个农人，站在天远地僻的半山腰劳作，偶有一群野蜂飞过，偶有一群蝴蝶飞过，偶有几只云鹤飞过。

活下来的每一天，除了自我，就是山谷、雷雨、闪电和花色。除了语言，就是他们和我们，在窄小和开阔中，像蚁群奔向洞穴！

想象着云南丘陵深处每下一场雨，就会在勇猛中疯狂长出的野生菌菇，有剧毒的或无毒的，有的上了人间宴席，有的被传颂，有的被遗忘于荒野深处。

这世上有多少人，陷入迷雾和厌倦的航程中，失去了人生的方向。活着，仅仅是活着，没有呼吸到牛羊粪的味道，没有呼吸到野花和栅栏生锈的味道。

从骨子里挚爱那些有洁癖的语言，有致远辽阔荒野般的风之呼啸和生活方向感的现实。

真正抚摸纸质书的人已经减少，许多人忙于革新，忙于科技，忙于奔命，忙于钢筋水泥，忙于速度，忙于失忆，忙于空巢，忙于虚饰，忙于荒谬。

读书，亦读其中的思想，书中自有饱满金色的向日葵，也有与你命运相近的蹉跎年华。读一本书，是让你看到沙漠和大海捞针的艰辛。最重要的是让你建构自己通往理想的神奇之路。

在小说、诗歌、散文这三种文体中穿行，让我自身就是魔幻，真好！

饱含时间元素的都是秘密，我们的现实通向秘密花园、酿酒坊，或者藏书阁，最终通向个人主义发明的语言。曾无数次在云南的小村寨驻足，执迷于村民们那些朴素幸福的满足感，他们为找到古树上的蜂巢而开怀，为追逐羚羊到天边尽头而迷路。这些都是形而上的最高诗学。

我的写作伴侣永远是尘埃下延伸出去的羊肠小道，走着走着就见到了河流山川、神鹰飞翔过的领地。我会喝酒，也会弯腰喝山泉水。

转眼间，这些写在手机上的碎片文字就已经有了几万字，这些通常是我在零散的情状中写下的。习惯了在散步或坐在任何角落时，只要有针尖细小的情趣，就记录下来。此刻，午间漫步，只有蓝天白云和隐形的小我。

时间珍贵，尽量留下不可删除的语言，可时时删除的会浪费心境，哪怕留下空白都好。汉语或生活，理所当然地都应融入。有趣的灵魂，再现的是时代的场景。

今天还是最终打了第三针，事不过三，应该结束了。在现实面前，我是一个非常遵守规矩的人。好吧，该结束了，感觉到新冠疫情将在地球上消失。如果真的有一天不再抗疫，我们也许还会去月球生活。

活着就是尊严，好好活下去就是风水，在寂静的呼吸中写作，就是命运。

遵循生活的原貌，不惊动存在之物的动静，不想篡改，也不想逃脱生命的安排：就这样敲开窗户外的黑白红蓝色，冥想中，很多时间成了旧时光。

喜欢散步时，微风拂过面颊、裙摆，能够在这个生产焦虑和幻境的边隅，感受树叶天气人情世故的变化，就能慢慢来到疾速飞驰的时间面前，让自己每过一天，都能重温昔日旧景，就像云南某个部落民族的图腾，以火的燃烧，传袭神秘的心魔，获得新生的欢喜。

遇上好诗时，能让人心跳。那些从汉语中跳出的句子——仿佛连接着你曾经经历过的一切。我热爱语言的不可知的偶然和奇迹，以及从另一些杰出诗人的创造中，感受到的陌生而新鲜的语境。

再读《荒原》，如此好诗，犹如普鲁斯特的《追忆逝水年华》，千年以后，仍有读者。

读书是一生的事情，从认字开始，我亲爱的母语，就像小鸟衔着的谷粒，倘若你这一生从青春期就开始迷失于书屋、图书馆、枕边书，那么，你的一生将拥有阶梯，这阶梯下是沃土平川峡谷之巅，阶梯之上是青瓦、树冠和蓝色幻变的云图。如果你一生能以写书为日常生活，你就是时间的魔法师，你就是神的孩子、大地的仆人、敬奉苍茫世态的旅人，你就是秘密和传说。

午夜多安静，蝉鸣越来越好听，它们在哪里栖息？

一个词，就像一只蝴蝶，引领我从低谷洼地，从热带到寒川，再慢慢飞到某片枝叶。伪装者的蝴蝶，智慧轻盈的蝴蝶，永远寄生于忧患，总能斑斓千层肢体。

一首诗、一本书、一句话，一旦完成，也就结束了。一个人需要新的旅行，新的一首诗、一本书、一句话的现在，通向未来。

这座边疆城池，春天很漫长，阳光灼热。见该见的人，品该品的茶，写该写的文字，续该续的命运。

春天很漫长，又想起了著名歌手唱出的春夏秋冬。修剪了枝条，写作，就是不断地修剪，让新的枝条有生长的时间。

做一件事，要想有因果，就是不停地重复，就像走路，挪动步子可以看见不同的区境人物风景，可以走小路、街心花园、羊肠小道、村野田垄。写作，在不厌其烦地重复着，使用语言，就是在确定你不可知的另一种人生。它是孤立的，没有舞台，不需要集体主义的联盟活动。写作，要耐得住光线的变幻，要抵制喧哗的美学原理，要珍惜或听见自己内心深渊中的召唤。

下午，人间焰火那么热烈，碧天白云那么远。

想起那些云上的日子，发丝上的雨水，鸟语拂过。电影《时时刻刻》讲述了弗吉尼亚·伍尔夫的人生故事。又想起了这个最喜欢的女作家，想起了她投入泰晤士河的年华，想起了阅读她作品的时间，想起了我自己所经历的云上或尘埃中的两种人生。

天黑后的意境，跟白天不一样，走了一万步后，会出奇地安静。开始有蚊子在嗡嗡嗡地叫，每个季节都会让你的身体跟着会飞的精灵旋转。蚊子也是一种精灵，它喜欢人的皮肤，喜欢蛰伏在黑暗中。就像我，除了外出，在某些能出行的日子，去看山水，看外星人的痕迹，看土坯房，看梯田，看峡谷，看村庄外的白鹭，看山坡上的蜂箱，看水牛或黄牛们洗澡的小河……除此之外，我愿意如此简单地生活。

我看见那些飞鸟的翅膀上也驮着忧伤的云絮。

一个陌生电话打过来六次，我出声，对方不应，然后挂断。重复了六次，我直接把它拉入黑名单。天空碧蓝，热气上升，没时间游戏，做该做的事。

除了时间我不可以荒废，任何事我都可以放下，慢慢来，慢慢地熬。

正做蝴蝶梦时，一只蝴蝶真的来到了院子里，这平凡的光阴，突然被它震撼，看啊，它的斑斓多姿、安详的潜伏者形象，多迷人。

花朵，为何在黑暗中也能如此绚丽？我无法找到答案，有些东西根本没有答案。

我们的时代就像有繁星的夜晚，让我们迷失于自我，也会重现于时间——在家门口，每一声鸟语都会叫醒我们，并让我们在低矮的天空下、有泥土的地方，栽上向日葵，以待秋日成熟，陪伴我们。还有那些花儿乐队，也都在演奏：这是一个最热烈的年代，因为几代人都在以生命穿过时空，以忧郁的精神来演变未来。

所有一切发生和等待你的，都是一个时代的生活和文明带来的现状。一个人，是苍茫的，好好地做自己的事，看一只小鸟来啄食，如此专心致志，它天真而容易受惊，看到那只小鸟就像看到了我。好好历练吧，终会觅到一粒食物的，终会飞翔，在某朵云絮上悄悄地梳理着自己的羽毛。

梦想，看上去都是虚无缥缈的。但这是源头，所有事，都从一个人身体中的渊源开始，然后，才开始了艰辛漫长的历程。如果人想喝到最清澈的水，一定要走很多路，到峡谷中流出的溪水边，用树叶作容器。能畅饮到这样的水，证明你走了很多山路。如果想打开天窗，看到天幕碧云，一定要修灵息飘忽，也才可能看到云朵为你变幻无穷。

囤菜粮米油盐酱醋，新冠疫情让人们再次经历焦虑和紧张。当人们在互联网下面对这些现实时，每一个人都在将目光面朝沃土，无论高科技如何疾驰，最古老的东西仍在维系我们的生存。在此现象中，善与恶开始纷纷上演黑色幽默似的闹剧。生命，一旦面对饥饿，每个人都应该感恩大地万物的陪伴。

忘却和失忆，都是时间的艺术。唯有超越时空的想象力，才能获得真实的永恒。

也有画钢笔画的时段，我移动笔尖，仿佛在移动着荒野上抖动的树篱，曾经有鸟巢诞生过好几只幼雏。曾经，我来来往往，几百米外有一座废弃的村庄，因为强大的泥石流迁走了。而这边是看不到边际的丘陵，形成了我内心的一片曾经的荒野。我画着这移动的光线，移动中的二十四摄氏度的地热，移动着这个走不出去的乌有之乡。它停留在纸上，同笔尖下的痕迹凝聚在一起，形成忧郁的曲线，里边也有冰冷的石头，还有一个蜂箱。

每一天都那么快，厌倦和激情汇聚成好几条分汊的涧流，它们奔往何处？将历经多少条再次改道分汊的细流，才能抵达？

中午，栽下四棵蔷薇

今天中午要栽下四棵蔷薇，今年流行蔷薇花。我一向不喜欢卷入潮流，只因为在我的记忆深处，我曾经过一条通往乡村的小路，牛车、羊群可以径直通过的路，两边长满了四月的野生蔷薇，那些粉红、大红、黄白色互相交织的花，自由向上地怒放，那个午后，我的身体产生的喜悦和狂野自由，是强大的。从那以后，我就喜欢上了这种适应任何环境的绚烂之品。并且，我正在写着的长篇中，有一个女子，就叫蔷薇姑娘，今天选择的粉红大红四棵，会沿墙边向上攀缘，我向往它们身体中奋力绽放的生之喜悦。

正午，栽完了四棵蔷薇。上午没耽误写作，每一段做什么，由心灵去安排。时光之所以流逝，是因为时间有轮回往来。一生迷恋花草植物，迷恋词语中的闪电。

看看鲜花是如此的绚丽，它们总能让人羡慕、仰望！

人启开的智慧，如用于混浊，将被奴役所劫持；如用于浩瀚，将被蓝天所飞翔。

夜幕是一个持久的秘密,它让你越来越明亮。如同一座山巅古堡,有无数气象在此驻守隐藏。过了这一夜,太阳会更热烈。

我只迷恋那些广阔无尽的云絮!

祈愿天蓝地蓝,万物生长。过去事亦过去,现在事亦开始,未来事在践行。

云南的天空太炫幻,满城的玫瑰、月季,还有蓝花楹开始登场。还有山谷遍野的各种野花、蔷薇、仙人掌,它们自有气象破开封锁的四野,我热爱这些版图,从亲爱的滇西到滇南、滇东北……

等着我吧,词语中的乌托邦,待我将那个词语从千山万水中,带到陆地和荒野,我们就能在一座古老的村寨大碗喝酒。想着这个场景,我就有了又一种续写语词的忧伤和激情。

图文并茂,让人对文字失去耐心,人们在表面的图像中归向潮流。如果有一天,失去母语,人将失去从内心涌向舌尖的神秘感。

艾略特说,无力承担的真实太多了,但我们终要去承受。真实,更多的是烟火的热烈和灰烬。这个下午,有各种真实,但花儿们仍在疯狂而有节制地怒放!

亲爱的,你正在简单地用餐,太阳还在朝西边走。亲爱的自己,你要简约地生活,自律,要站在落日下看那些倦鸟如何飞翔。

世界形成两个局面。有人努力往后走,去收拾早被牛车科技碾碎的残片，并赋予它们史前的面貌，追溯源头，收藏那些未散尽的魅魂。然后，返回现代化的公寓的落地玻璃窗前，享受着现代化的泡沫味。另一些人努力往前走，恨不得飞起来，去另一个月球生活。而当他们不断往前走时，却在尘世间建筑最古老的屋宇，用手绘画，把绣球抛向云天，享受人间最原始的食物和光线。

在安静中享受夜晚带来的无穷乐趣。一个人的安静，可以洗尽尘世的时间痕迹。游戏人生，需要我们学习更多技艺。

四月快结束了，新的花草在长，新的枝条纠缠变幻，直至新的季节替代了这场比赛。新冠疫情不管结束与否，雨季将来临。语言穿过了，像蚂蚁用肉身垒墙堡。我们只有变得更独立自主，才能在戴上口罩以后，依然可以呼吸清新空气。

爱上任何东西，都需要付出代价。写作需要付出时间，认真地对待语言——就累及了语言的延续性。我写作，是因为迷恋。在我出生以后，语言就成了任何人事无法取代的东西，我们替换衣装，男人女人们生活在被我写出的语言中，成为故事。仅此而已，永远永远。付出的代价是值得的，埃利蒂斯在我十八岁时，就告诉我了永远需要付出代价。

人生三部曲，从婴儿开始到进入青年，这段时间的年华，带着箭离弦一般的激情锋芒；中途，则是从夏到秋的时空，开始了磨砺和熔炼，知道火是热烈的；晚秋至暮光，这是熔金般辉映的最终因果，如同置身在寒风凛冽后再返回春光的旅途。三种世态，再现出人性之本体变幻，如同漫漫长夜后，敞开心扉后，所享受的一场虚无之境。

又遇花朵，神秘，隐忍，歌吟般的花骨朵，与云南山冈上的蓝色鸢尾花、野生蔷薇花，形成了两种强大的美感，前者，柔软而妖娆，适合于花瓶、书屋、女性卧房、露台、书吧，后者适宜于自由者的漫歌、孤独者的咏叹。

梦见许多水流，也梦见了自己，在梦中看自己，就像看别人，一个陌生人。所以呢，只有在梦中，可以拷问自己是谁。这三年来，我如有洁癖般面对语言结构，持久地重复做一件事，需要在荒野中看见蛇、蝴蝶、野兔们生存、奔跑和驻守的能力。

每天晚上，自己的灵魂也要安寝，在充满夜色的房间里，回顾一天的所作所为，要么暗自神伤，为那些不完美的感触力，无法抵达的，已涣散尽的；也有欣慰，宛如站在窗帘的缝隙中，看见月光像水银般流动。

文字的魅力，来自准确地表达身体感知的时间，哪怕是一个微小的局部，倘若使用放大镜放大，会看见许多波纹。这类似岩石上的天然纹理——每每遇见，仿佛经文或天书，让人充满了敬畏感，伸出的手又收回来，唯恐破坏它们的美意和暗示。

夜晚，赢得了安静，无须多余的声音打扰，可以读几页书。成为自己，是为了迎接晨曦，有更多内在的力量，与光热融为一体。

大多数的日子里，每天都有光，顾随说："没有一个细微深邃的不是伟大崇高的，也没有一个伟大崇高的不是细微深邃的。"

长篇的小世界，无我，无他，无你，但有整个虚构推理结构的漫长时间中的你、我、他。虚构，让时间发出了沙哑的长者的声音，也有清脆的青鸟之声，也有神在身边的低语。

节日和往常没什么区别，仍然是手工劳作，这是最日常的生活方式。劳动其实就是最好的长旅和休息。

又要去走路了，对于我来说，能每天黄昏开始走路，是令人期待的。没有走路的那天，整个身心都会郁闷沉重。走路，跟着时间在流动，任何人都无法替代你去感受生活，所以，爱自己，就是感受自己的触觉，以及对于世境的缠绵和距离。

水中鱼儿在附近的河里穿行，我分明看见了青苔下的水草，还有蓝眼睛的鱼——所有一切虚幻都不足以抵达。因为路太遥远，明天仍有毛毛细雨。未来是一个谜，因而，如果能去一座村寨，乘一辆牛车，看古老的女祭司和鸟互相说话，也是一种秘密生活。

四月终于要结束了，起风了，只有风会将最后的残枝吹落，只有风会演奏出长笛短调。风为幕帐，有升有落——明天是一个早起的日子，生而为人，劳动是快乐的、长久的生活。

一切心境，造就人生，也造就了语言！

所有事情能够持续践行，则需要安心，今日复明日地去做，就像农家妇女的绣花针上总有穿针引线的安于现状。安心，面对万千世界，在流沙式的变幻中，如石，面朝浮尘。

时间之所以古老，是因为我们越来越被苍茫所笼罩，丧失了想象力。文明不是依赖于任何高科技而诞生，不错，科技满足了人肢体的享受，但仅有身体的享受是不够的，真正的文明是一场永远无法抵达的梦想，它诱引或召唤着我们。

爱你，天气阴郁，时光多漫长！

明天温度会上升，太阳也会如期出现。花花朵朵在身边，但还是荒野上的野花更令人惊艳。好久都没去荒野了，好久好久没有站在半山腰看牛车了，好久没有看黑山羊成群地往陡峭的岩石上奔走了，好久没有看见澜沧江、怒江、金沙江的容颜了，好久没有坐在江边的石头上消磨着一个人的光阴似箭了……

一次次地在回忆中重现着：往一座古老村寨走进去的日子，从村里走出来的每一个人，都像是种子，都可以发芽，幻变成粮食、植物，又像是失传的乐器，突然为你演奏出天上的、尘埃深处的歌韵。而那些在村里栅栏中跑出来的家禽，有飞起来的，有到村边河谷中去游泳的，有面对面求偶唱歌的。青瓦上跃动着燕子的身影，它的羽毛远远看去就像书笺。

焦虑是艺术的潜质，一个写作者从出世到入世到熔炼到静默到焦虑，再转化为语言。写作者应该胸有锦绣，也应该在荒野中安居、生活。

刚写的小说中有这样两句话：我是一个拉着箱子到处旅行的人；我是一个秘密，也是一个孤独的旅人。

写作者都在幕后，他们的脸、他们的气象、他们的喜乐哀伤都藏在幕后,而他们写下的书以及分行的语言,则裸露着。这裸露的也是写作者的脸、气象和喜乐哀伤。

中午必须走一走路,没有午休的习惯。走路也是休息,让血液循环。走路,远看天空,近看树篱、枝条和另一些人的表情。看到众生相,亦会看到自生相。生之艰涩,需要尽力向前看。

想起了行走时途经的月桂、女贞、山毛榉,我们往前走,光线越来越亮,突然出现了一座环形的山坡,所有的山地庄稼都已经收割完了。山坡上没有一个人,甚至也看不见一只鸟,如此寂静,也没有风声,顿足于中间的一条小路,看见了干枯的牛羊粪。

我们周转人世,孟子说,"道在迩而求诸远,事在易而求诸难",对于无限的时空来说,我们只是旅者,但仍然往前走,我们是时间的奴役者,也是自由的过客。

一切已过去的,都叫成长,正在发生的叫故事,所有未开始的叫熔炼!

青春,写作是靠青春索引的,从十六岁初次发表作品,到如今,仿佛过了好几个世纪,写作的持久性就是一个人的命运,要用箱子装载多少书籍,才能完成黑夜的训练?要用多少孤寂静默与泥沙俱下的河流相伴,才能看到海边的一点儿蔚蓝?要用青春的历险去寻找多少座荒野,才能触到磁力连接的内核?所以,我曾劝诫许多年轻人,不要轻易写作,你可以趁青春写一首诗,但写作的持久跟青春的激情没有关系。一个人将写作当作终身大事，全是命运的安排。

明镜般的五四过去了。所有节令都让我们重温时代的快或慢——这是两个不同的齿轮，慢时光，我们属于过去，飞快的速度暗示着我们越来越忧郁地面对着时间——我们终于学会了深情温柔的微笑。

我已经忘记了很多人、很多事，但却从未遗忘过在闪电下看见的那道彩虹。

在微信中看到一句话，出自女作家葛水平之口，"感谢上苍赐我平庸"，便惊叹了一下："真好！"感恩时代让我们在庸碌的生活中好好活下去。我们有食物可品尝，有洁癖的人请走到茫茫黄土中，走到尘埃落定之处，让风尘轻抚你的容颜和衣物。

恪守那些内心的距离和方向，爱惜自己身上的每一根羽毛，像小鸟一样啄食，在屋顶上飞行。用时间迷失于尘世的秘密。

铺天盖地的绿称之为立夏，之后，雨水是我亲密的伴侣。从今天开始，希望自己更稳定地变幻，不将点滴时间荒芜于媚俗，荒废于聒噪，荒芜于浮华事物，但允许自己将时光荏苒于虚无。

微雨，就像写散文中的意象和现实细节，它立足于墙角石头上，在此之上筑建层层叠叠。泥瓦匠人已经成为最后的工匠，取而代之的是高科技的模型。而写作者，已应该是最后的手工劳动者，或许有一天，书籍和文字会成为星球上的化石。

刹那间，涌来的不是泉水，而是细雨的冰凉。立夏，我们在热烈的野外徒步行走，也会在房间的双层窗帘下，谈心或者预约去未来某个星际的时间。

一本书的降临，就像神意。微暗的天空，少许的忧郁，就像古佛寺中的燃灯，在默诵中千千万万遍地觉醒和欢喜。

明天我将更清醒

好的，明天我将更清醒，整理杂物，清除多余的杂物，我不需要的，都要送走。最终只剩下语言，我熟悉的音韵，我挚爱的母语，我拥抱的幻影。

月光白，蛾眉前的屏障是神秘的，我爱你，因为你是我的原始森林，千万亿年从不改变。

长到脚跟的长裙，最适合我随尘埃四处游荡不定。这是我的语言，也是我的命运和风骨。

不可替代的，是我看见了语言深处有红得令人炫目的来自碧色寨火车站的铁锈色。

有光的折射，事物和写作都会发生许多光影的变幻。年轻时喜欢藏在幽暗的皱褶中写自我，现在喜欢隐于各种来历不明的光泽中寻找到开阔视野下的世境。

语言就是现实：那些从山冈上跑出来的松鼠和一个人嬉戏着，那些从枯燥无味的史卷中惊醒的一个个文字像一条河流，那些温柔的语言后面隐藏着荒野和生长的春风强劲的生命力。

直到今天，仍然对纸质书不放手的人，也会去种植。试一试吧，看还有多少人有耐心研究向日葵为何那么热烈，只有太阳可与其匹配。为什么时间那么漫长，有人视烟火为生活，也有人在荆棘中看见了鲜花？为什么有那么多人运动着看见了大海，也有那么多人舍不得走出家门？

只想消失在文字中，消失在那条僻静幽深的路上，遇见的是我自己，遇见的是那些周而复始的灵息吹拂！

你有什么样的灵魂，就有什么样的生活。你有什么样的生活，就有什么样的语言和命运。除了男女性别，这个世界活力四射的是你灵魂中那神秘的熔炼魔法。

每一天，时时刻刻，都是故事，来自蜘蛛网般的细节。

五月是炽热的季节，走一走，想起在哀牢山的嘎洒傣族小寨，一群妇女坐在枝叶茂盛的大榕树下绣花，身边是一条清澈的河流。很多次，当我无聊、厌倦时，都会想起山脉走向隐现在远离高速公路的古村和人们安于现状的幸福生活。

天气预报是我关注的，往往低下头再抬起头又移动了一朵云。只有时间和变幻是永恒的，其他都是遗忘和被遗忘。

摇曳的是风语，我曾穿过那片山坡，烟草的花是深紫色的，开得艳丽。烟叶的脉络微微地战栗着，吸烟者转瞬间将一支香烟化为烟灰，他们没有看见山坡上的烟草花那么忧郁，那么绚烂。所以，香烟是虚幻者手中的烟花，终有一天，我会画出那座山坡上一大片紫色烟草花的忧郁。

深紫色是我的摇篮，从紫薇到鸢尾到烟草花，每一口呼吸的区域，都有暗香拂面而逝，维系着我的存在。

无论置身何处，都感觉到时间改变了每一个人的命运——无法预言任何人的未来。有一点却永不改变：你今天的所言所行，就是你的明天。白昼流星划过天际，我在屋檐下，只是一个影子，我看到了自己的幻变。

一天，不知不觉走了万步。许多事，都在悄无声息中完成。一个人，需要一个角落，就像古人，守住一个不大的部落，训练生活下去的技能和勇气。偶尔，看看星空，身心便如羽毛般轻盈，无论落下飘忽，都是一场戏。

一个人对母亲节的最好纪念祝福，就是用心回忆在那无边无际的岁月里，你站稳身体终于独立奔跑时，母亲在你身后再次喊出你的乳名；当你经历了太多人事的沧桑以后，回过头去，所看见的母亲的年轮，映现了你的成长和思想的历程。

我们需要很多来自原生自然的力量，开始我们的梦想，控制我们的心魔，引携我们的语言。包括母亲和我们一生的关系，他人的存在，也是结构主义的符号学。它们存在，便散发出气息和时间的长短，靠近我们的耳鼓、味蕾和肩膀。

一旦最艰辛的日子过去，会有一段真正的犹如春天来了的好时光。我深信，只要有消磨光阴的事所笼罩，任何阴郁的光影都会游离而去。因此，等待并非用呆滞的目光、抱怨的声调面对现实。在任何时辰，我们都要穿上干干净净的被太阳晒干的衣服，重复地做取悦灵魂的那件事。

减少焦虑症的成分，减少心灵的污染，减少肉体的捆绑，减少对自由的向往，减少乌托邦的虚拟，减少语言中的沙漠，减少眼眶里的荒凉。

每一个时刻都意味着是新旧交替的明天，安静地生活，对时间和万物怀着爱慕和信念。单凭手艺无法走多远，一个写作者，必须对高级趣味或低级趣味有鉴别和本能的审美选择。当今天快要结束时，明天成为另一盏灯、另一本书、另一片菩提叶。

面对一个时代时，个人永远是渺小的。鸟是因飞翔而找到了群体，人也一样，在任何时辰，要珍惜孤独给我们带来的思想。唯孤独者，能适应世界变幻无穷，找到自己表达的声音。

一切光阴，源于生命体征中与你陪伴的神秘使者。刚从圆通寺千佛堂祈祷完出来，内心静谧，春风拂面而过！

一朵花如太绚丽，一个人如太完美，一本书如太经典，一条河流如太笔直，一片海洋如太蔚蓝……那么，这些美都显得太短暂，转瞬即逝。只有充满瑕疵的美，不尽如人意的美，让你忧伤的歌声，语言中混沌模糊中所抵达之谜，才具有力量。

散步时看见了花，只要看见花，内心的荒凉就会缓解。宛如风中有吹笛人刚刚走过去。

你和我相遇，这样的事发生在古代、现今或很久以前，以及很久以后。这是一个时间的观望，相遇的途径和时态的变化，就像发酵的酒，沉浸在无人知晓的过程中，默默地，在自己的山坡洼地、湿度和空气中。而此刻，一列加速的火车过去了，几个人上了车。不远处，农人在插秧，还有人在修剪果树。静悄悄的时态中，你和我，像一段漫长的美学。

夏天来了，雨季开始了，幼鸟们叽叽呱呱地，叫醒了人们的梦。让我像一只鸟学习，人的学习和训练是长久的。我们的情趣、视野，以及在这个时代的命运，是游动的，是变幻的。看一只幼鸟从树上飞下来觅食，当一只鸟开始为食物而奋斗时，它的翅膀开始微微地探测着人间的态度，目光警觉地观测。如何与人间烟火相处，已经成为它们的第一课，而那些成熟的大鸟已经跟大地建立了默契友好的关系。它们的飞翔充满了优美的曲线，正教授幼鸟怎样寻找食物，如何与人类和谐相处，怎样飞得更高、到云端去嬉戏。

今天开始写作的语言尺度真好，满身喜悦和空寂，我更喜欢那些长久潜伏在身体中的语言被我召唤而出。

语言带给时间的最大特征和功能，只是让人这具有灵有肉身有恶有善的躯体，创建一种精神上神秘的体系。它不具有现实的任何功效——需要语言和创建语言者，都想在超越时空中，忘却时间是会流逝的。

我的名字为什么叫红？在所有颜色中我为什么如此迷恋红色？

很多年前，报刊亭和电话亭就从一座城市的街景中消失了——这两个物景的消失，意味着互联网时代的到来。现在想起来，许多人去报刊亭买早晚报，还有时尚杂志，亭里有电话，人们可以回传呼机。那个时代，纸质报刊书籍是人们生活的一部分。一些物景消失了，就永不再现，随同时代发明的东西越来越多，人们的心浮气躁成了一种流行疾病。汉语是一种非常慢的词根，幸好，有这个母语陪伴我们。

有些温存的力量，在悄无声息中攀缘上升，你生于斯，长于斯——犹如母语，成为你表达思维的唯一词根。

夜幕中某些枝条仍在上升，顺从天意，无论是谁，都要经受住时间——这看似柔软却坚韧强大，窄小却又开阔的世境的沐浴激荡。

存在的，就是你需要的，就是你必须承担的。一个人生活的起伏荡漾，就是你的蔚蓝色天空，就是你的原野春风。艰辛等待的时光，更需要守住戒律，做任何事，都需要倾尽全力。

一个词的开始，一个新的太阳笼罩万物，都是一个人在深渊中获得安心的时刻。

很多女人，哪怕十分艰难的时光，仍然可以看见她们眼睛的清澈、衣饰的美、语言中的光芒。向这些美丽的女子致意！

我心中的粮食，生长在遥远的版图，微风送来它们的四季。在不倦的岁月中，我们默默承受着变幻的风云。无数次亲密接触，战胜了脆弱。浮生，无数次的拥抱后，彼此长相忆。

常言说，铁很坚硬。是的，那些坚硬里包含着火与水的融入。年轻时代的深度阅读是多么珍贵，这种阅读我从十岁开始，持续了很长时间，感谢那个贫瘠的没有网络的时代，青春时的自我建造，宛如在钢丝上练习芭蕾舞。如今的阅读，反复地读旧时代读过的书，真正不朽的书，是罕见的奇迹。但今天的阅读很散漫，带着对自己所迷恋的那些思想者的仰慕。白云在变幻，飞机也在飞行。书籍，不朽的书籍，是城堡，也是恒河。从古城堡中飞出的燕子，走出来的先知，引领我的视觉。

时间太快，不要纠结很多事

时间太快，能为心灵做多少事，命运会引领我。暗光中的行走不快不慢，走路能代表人的性情。不再纠结很多事，看见了荷花下的鱼群，也看见了万花丛中的野鹤，只有看见万物，才知道自己是谁。无论从哪里来，要始终对自己保持一场幻梦的状态。

当我们感觉有活力时，必定被某种神秘所笼罩，而平静的状态通常能使你从夜幕抵达明天。如能在雨后旷野中吹风行走一段路，会遇上很多盛开的野生蘑菇。

好好地做一个人吧，恪守你的精神和心灵之旅，这是我们唯一能做的事。

只有在雨中散步，才能感觉到夏季来临，很多时辰，仿佛梦游，回到草垛，蝴蝶飞翔的小路上有很多新鲜的牛羊粪。在任何时刻，只有在青瓦上看见从天空落下的羽毛，灰白色的鸟粪，你才能感觉到有翅膀在飞翔，大地上的牛羊粪会将你引入一座古村落。现在，在那些村庄，只有守旧的中老年人和孩子们驻守村野，年轻人都搭上长途客车、骑着摩托车去为潮流漂泊青春去了。

这个世界，除了夜幕，还有早晨的新鲜空气在等待着我们。

早晨，诵了两小时经，浇了半小时花，突然安静下来。在小小的写作间，为自己沏上一壶茶。开始吧，这一天就这样开始。我默认命运就是做好你需要做的事。但寂静穿过了房间，除了鸟语外，语言是静默的，它拒绝喧哗与躁动。

看不到边际的云絮，我和我的忧伤在一起，这是可食的元素，我和我落满风语的院落在一起。走了很多路，我和我陌生的迎面飘过来的信使在一起。

就像一条潜游的鱼儿，我有我的江河、小溪、池塘，我有自己的水草、游姿。不知谁在远处的空旷中吹萨克斯，婉转缠绵，独立自主，低下头是看流水，抬起头来是看夜幕中隐形的翅膀，仿佛为我伴奏，如此悦耳。

任何信仰都与路有关系，黄昏，夜幕，黎明，正午……我们在不同时刻走出去的路，偶遇的风景、人或事都只是短暂的记忆。每一天都应该反省、感恩，回到自己身边，始终能携带你的，是从内心上升的信仰，还有给予你力量的一些让你幻变出思想的智者。晚风吹拂着，如此有魔力的感受，仿佛铁树在开花。

我在考虑，是否在大雨之前，洗衣服，然后再把它们晾在院子里，让它们晒一晒上午的太阳，再经历天气预报说的下午的暴雨？这个问题多么有趣，就这样，我开始写作了。

想依托于羽毛和云,只是一种刹那间缥缈的奢望,更多时间,我们要与混沌、脆弱的神经、厌倦的自我在一起。上半年,基本上是小说和散文的语言,它们的结构和语言更让我注重细节和叙事。小说和散文基本上是人的命运史。下半年,七月以后,我幻想着,要涂鸦,要写我的长诗、组诗、绘画诗歌,更像是灵魂漫记。

两千字写完,从语境叙事中逃出来,去处理一下琐事。其实,我们一生都在逃离各种现实。语言在游离,我们要去为生活的意义寻找根源——这一切都是中途的风景。

碧色寨穿越了时间,穿越了漫长的速度。

碧色寨有前世今世,也有未来。碧色寨又一次醒来了,面对着赴约而来的旅人们!

无论男人女人,都喜欢看见那种安静的甚至略带忧郁的神态,不喜欢听抱怨声。听见抱怨声,通常我会保持沉默。小区的一位老人让我一定要去看她新栽在院里的花,她让人看不出真实的年龄,喜欢散步,有保姆和她生活在一起。她活得那么健康,喜欢花的女人,都是修美貌、修德行之人。无论多大年龄,都在修行,现在看上去很多美貌女人也是前世修来的。我欣赏她栽下的花朵时,她像一位少女,穿得干干净净。从这样的妇女生活状态中,我会寻找到启示,前不久,百岁表演艺术家秦怡仙逝了,在很多年里,我会忘却她的表演艺术,因为她的一生所历经的苦难,本身就是一部电影。她的美,没有苍茫感,没有悲伤哀痛,她是一部艺术传奇。

只有忧患是长久的，它就像生命本身一样充满活力和希望。真正丰饶的生活应该经受住时间的诱惑和召唤，像一匹骏马追赶到它的地平线，像一个猎人守住自己的领地，像一片水土饱含着琼浆玉液。

雨后湿漉漉的大地上，我们没有任何理由生出怨言、浪费生命。每个人都有方寸之地，有空气、可食之物，已足够喂养生命。更多的是在发出声音时，要发出来自精神风貌的语言，早上好，我亲爱的时间！

心底安静，就装得下波涛、水草、岸上的小路、岩石上的蝴蝶、飞逝的物语。

如此平静的一天，雨水是我窗前的旋律。所谓自由，就是在你所置身的时代中，与自我的戒律、成长、觉悟为伴侣。

在澜沧江看一条江流时，你会忘却时代的文明进程。缓慢的流速，碧绿的水纹，让你远离物质，远离浮华燥热、落地玻璃窗、重金属和空心人。

神秘主义者总能将内心世界深藏在世界的某个角隅，只有在那里，才能产生海阔天空的幻想。现实，是裸露的，我更喜欢那些内敛于看不到边际的荒野上的一个个旅人的精神足迹。

簇拥的颜色下，黄昏开始来临了，一天快结束了。我爱你，这疾速的时光！

在雨中的散步不得不停止，一直想写非散文非小说非诗歌的文本《旅人》，一种细雨中的冲动，一种感觉到语词在靠近你又在游离中的陌生而又亲切的诱惑力。

在安静中幻想着明天的写作，永远是我的修行和生命中最好的期待！

永远，永远，月光是银色的，太阳是金色的。

继续安静下来，上午过去了，一些文字留下来了，一个愉悦而丰饶的时间段过去了。继续吧，我亲爱的语言。想起途中的一座石头村庄，那些用当地石灰岩筑起的屋宇，坚硬而充满天然的铭文。

诗、小说、散文，有共性，它们为生命的意义和无意义寻找根源。虽然这条路虚无缥缈或幽深无境，但我们总能在其中感受精神的禁锢和敞开。我非常感恩年轻时那些疯狂而饥饿的阅读，除了纸质书、贫瘠、旅行、恋爱之外，再无任何诱惑的单纯而忧伤的青春年华，正是它使我拥有了延伸下来的写作和故事。

能遇到好诗时，很感动。那么多的诗就像鱼儿游在浊水、清水、池塘、大江、大河和海洋深处，只有很少的鱼儿跃出波涛又潜入看不到底的深渊！

喜悦的一天，由文字管理自己，就像有庄稼地让自己去劳作。在云南古老的寨子里，许多妇女仍在手工织布，她们赤着脚坐在炎热的大榕树下，反反复复地织一匹土布。蜜蜂飞过去了，羚羊跳过去了，黑夜过去了，白昼又来临了。

手机上的只言片语，要么是在路上写的，要么是在空隙中写的。更多的文字写在海浪的礁石之上。就像秘密从不现出镜面，它属于时间，一个人可以有性别，也可以无性别，还可以是植物和云朵的一部分。每晚散步，都会感觉到地壳中也有乐队在演奏，而且我发现，所有的鸟群，并没有去天空宿居，它们都住在我们的瓦檐、墙壁、露台和树上。

丹尼尔的电影，基本上是007，都不错过。在这样一个时代，看他主演的特工电影，对于我来说是另一种着迷。他的眼神有一种忧郁的深渊，看007，无非就是看他的眼神。

细雨，适宜独自沏一壶茶，这是写作前的仪式，没有茶就无法写作，多少年来，茶汤让我清醒，舒缓的情绪在语境中途消失或存在。喜欢下雨的日子，心无障碍，亦无牵无挂，语言亦超越一切的时间，引领我着陆，感知带着雨水的潮湿和微凉，像是与远方苇草的摇曳在相互致意。

总有新的梦想，破开迷雾，与几个来自红河州的最年轻的乡镇理想造梦者，谈论大地上的造梦居所。他们都是20世纪八九十年代出生的基层执政者，看到了年轻的活力、缜密的思维结构、最有时间效力的中国梦的推动者。一个梦又诞生了，感恩世界上那些一代又一代人延续下来的理想主义！

说吧，一天，一生，甚至环绕一棵树绕了一圈又一圈，我们都无法说尽这个世界的幽暗和光明。越接近细节，比如鸟巢、枕头、桥梁、钢丝绳，就越迷惘。越接近西红柿、弯曲的河流、谎言、甜蜜的舌尖和被风吹拂的发丝，就越虚无。

《神曲》是我最喜欢的史诗，但丁也是我最喜欢的诗人。枕边书就有《神曲》，这部从迷途到天堂的史诗，熔炼出了人生的三大魔法。借着黄昏的光焰缓步向前，人生有诸多障碍，正是它们让我们追索着天边尽头的《神曲》！

华美的东西都很短暂，如同华美的皮毛和语言都只是一种人造的物质。纸质书的朴素有多种天然的纹理，此生遇见的好书，总是想索取放在心窝。这个世界，很多东西都可以放弃，但诱惑力极强的书籍，你的命运哪怕辗转无穷，却总想带在身边。书，真正的好书，从不会发霉，也不会有虫蚀，它具有神灵般的特质。

是一件充满了未来的事情，因为天会亮，辽阔的地平线会冉冉升起。

午夜没有任何声音，就像在另一个宇宙，安静，是古生态的夜晚，美如斯！

在云上居住的云南人，如江河山脉般朴素。在如此辽阔的国度，可以不戴口罩生活着。如此好的天气温度，如此美好的自然生物。

在不戴口罩的云南，山河如此多娇，农人在耕地，鸟在飞翔，学生在学堂，白云悠悠，人们笑脸相迎，这是自然法则中真正的文明自律。

天空晴开了，几天前的阴雨绵绵过去了。云穹说变就变，好天气永远属于那些内心有底蕴的人。2022年过得太快了，许多事未了，需要时间。最可靠的支撑点就是时间，每天合理地运用时间，能解决你内心纠结的问题。写作可以让你的心空荡无边，也可以像蜘蛛网层层叠叠，每一个幻术都是有生命现象的。

许多人问我为什么写作。每一次，我都感觉有风力在推动脊背，有水浪溅湿了脚踝，有云穿过了我窄小的天窗，有人站在我身后让我看那些已长出芒的麦田，有黑夜传说让我想独自享受寂寥……

我没耐心在很多琐事和人际关系上浪费时间，但我有足够的耐心与心仪的朋友来往，与美好的梦想约定未来的旅程。

万物生长，我亦生长

视野外，万物生长，我亦生长，威廉·卡洛斯·威廉斯说："我在自己的地方，在我生活的细节中生活的时间越长，我就越意识到这些孤立的观察和经验需结合在一起才能获得深度。"

我有我的土壤、细节和生活方式——在我的生命中，每天早早坐在书屋一隅，是我最好的生活，亦是我一生的漂泊游离，用体力、身心、语言获得了从序曲到中途绵延不断的故事。我要像农人一样，带着自己的种子，在自己的土地上劳作。

我不急于赶上那趟列车，去清风拂面的地方，见老朋友

我不急于用书写隐去晦暗，因为白昼如此漫长啊，我低下头

我不急于钻木取火，到一座无边际的森林中生活，是我的理想

我不急于表达爱，时间中回荡着牛皮纸卷的
暗黄色，天未亮
　　我不急于为人事厮守终生，在站台和高岗之上
有暮鼓晨钟
　　我不急于歌唱，在我的身体中总有一双手
放在海边的钢琴键上

　　做完一件事的满足感，就像吃了汤圆。每天按照棋盘顺从天意的安排，而只有心藏炫幻者，可以将棋走到该走的路上。
　　突然安静下来的时刻，拉上窗帘，内心生活就像幼芽在初春的大地上破土而出，只等待一个梦，又是黎明。
　　今天好，亲爱的，请给予我们智慧和明灯。
　　无眠，使星夜更璀璨，生命的觉悟往往是从黑夜开始。如此安静，夜风轻柔！
　　奥顿说，歌声在期待着什么？
　　我说，在雨后的潮湿大地上，那些扑面而来的人和无声无息消失的时间，都在时代的逸闻中找到了信念，回到自我，筑起栅栏，这是一个需要完成自我修为的时刻：无论你是谁，从哪里来，到哪里去。无论是在寻找食物，还是使用权杖和魔法，他们都会看见你的行踪和心灵轨迹。
　　酒，真是琼浆玉液，除了让人致幻，还有让人厌倦再生的功能，还有让人幻生幻灭的理想主义精神。
　　小满节令，安心地等待着西南方盛大的雨水降临，等着

你，等着亲爱的秘密基地上那些遥远的超越了时间考验的时间。

雨声中有翠绿的旋律，只要下雨，就看不见燕子飞翔了，它们像灵魂一样隐形无踪。还有鹤、云雀、布谷鸟也会飞过视野，那些伸展的喙，衔起的一粒食物，有时是果粒，它们对果实有天生的分解术；有时啄起的是可食的叶子里的小昆虫。雨来临，这些人类的声音，只要它们存在，就总有史诗般的源头和归宿。而诗人从不贪婪，他们只需要一滴雨，就湿润了嘴唇。

阅读几乎是一生的事情，一个写作者必须从年少时就培养自己深度阅读的习惯。这个习惯一旦错过了，后期的阅读只是浑水摸鱼而已。深度阅读，尤其是十六岁到四十岁非常重要。它让你的身体筑起了书的城堡，你在幽秘的光线中漫步，孤独地沉思——找到了自己发明语言的风格和光阴。

辛波斯卡说："人类之所以能够创造文化，是因为他们是相对大的生物，又有较慢的新陈代谢，因而有相当多的闲暇时间可供利用，没有闲暇时间就不可能有文化。"

是的，闲暇时间就是我们出入的时空旅途，因为一秒钟之后另一秒钟的出神入化，闲暇者发现了星空除了银色宫殿外，还有深紫色水晶般的光影交错。一个拥有许多闲暇时间的人，如果写作的话，他们会成为时间的秘密伴侣，不离不弃，终生厮守。

雨持续着，持续着，就像时间持久地带给我们新生的曙光……

从一壶茶开始，迎接孤独的，有节制而自由的内心风暴，理所当然，只有在内心的狂风呼啸而过中，我们才能成为母语下的芽苞，成为岩石上的花纹，成为风轮下的内陆，成为一间房子里的光线、故事和流动的时间。

我们想成为轻燕，自由飞翔；我们想成为一棵树，在沃土中生长；我们想成为猛兽，在古老的旷野上驰骋搏击；我们想成为一条河流，寻找到蔚蓝色的海洋；我们想成为酒窖中的秘密时间……但我们最终还是要成为自己，归根结底，我们将成为一个人。雨幕笼罩，我感觉到血液在循环着血液，语言在绵延着语言，秘密在寻找着秘密，羽毛在寻找着羽毛。

再读聂鲁达，雨天阴郁，感受聂鲁达的山脉、气象。一个我喜欢了漫长时光的诗人，伴随我度过了窄小的裂缝，走到开阔视野的岩石上，听见灼热的矿物质在响应回声。

气象，是一个写作者内心的建筑工地，也是打开的窗户外飘逝的春秋。使用着忧伤的舌尖时，召唤着成群的山野间的蜜蜂酿制甜蜜的艰涩的味道时，铺天盖地的云变幻着荒野上旅人的方向。

雨，让我想起滇西小镇，那么美的三川坝，只可能出现在年少时，可以在河水中摸鱼虾，可以让蜻蜓栖在手掌心，年少的小伙伴们随同时光，大多失去音讯。我每天上学的小路通向小镇中心，打铁制铜的男人们早早就打开门，看见了火花、淬铁的水。男子们的脸是青铜色的，嘴里骄傲地叼着自己卷的香烟。往门口看一眼，心无旁骛，默默无语。

雨下着，非常执着，一刻也没有停过，这就是节令。每个人都有自己的许多面，兀立和隐形，便想起了从德钦去茨中教堂的路，澜沧江一直在身边转弯，那是一条非常美的路，我们去看茨中教堂中法国传教士种植的葡萄树，山坡上都是葡萄园，茨中村弥漫着红酒的味道。我们在客栈住下来，喝着葡萄酒，望着山坡上的澜沧江，这是中国葡萄酒的起源地之一。从法国移植到茨中村的那棵葡萄树，结出了葡萄。这就是时间，那天黄昏，坐下来，我们干杯，为风、为澜沧江而干杯。

我更愿意使用文字表达记忆犹新的时空。奴役我的是语言，就像那天黄昏在茨中村喝葡萄酒，茨中村的人都会酿葡萄酒，客栈到处是酒窖、高脚酒杯。澜沧江就在山坡下流过去再转弯，那晚我们一直在干杯，为往事干杯！

以善为根源，就能寻找到智慧，这是一切的基础，我曾看见云南山民在村庄里筑屋，用当地的岩石作地基，要有好几层，那是一些有善根的岩石，能抵御邪恶，之后，屋宇上升，才能藏谷物、宿居、安梦乡。

沈庆今天遇车祸身亡，黄昏后就听他的歌，这些歌曾经伴随我为写作而漂泊。今夜，重听这些歌，又想起了很多事、很多人、很多天气和光阴的变幻。愿他一路边走边唱，到天堂继续唱他喜欢的歌谣。

看着青春年代的一张素描，感恩当时画素描的青年画家。今天很惆怅，沈庆的《青春》《野火》《岁月》等歌曲，被聆听了数遍。

今晚,很多人听沈庆的《青春》,都在忍不住追忆青春。是的,青春很短暂,但我们在青春时所历经的所有迷茫和冒险叛逆,都成了我们最鲜活的故事,每个人的命运都是从青春开始的。青春万岁!

这季节,雨不停地淅淅沥沥,人心惶惶,语言和身体都需要继续历练——这是一件长久的事。除此之外,都是烟火。除此之外,都是虚拟——然而,烟火、虚拟则是我们天长地久的大地之母、天空之象!

一个人的语言尺度,通向何处,使用什么样的语言,都是内心生活所显示的位置。雨停了,有些东西继续着,如同情绪中孕育的那些未曾抵达的虚构推理拉开的层层旧式帷幕。早年读昆德拉,特别喜欢他将荒谬的现实置入哲学幽默的诗意抒情中。想念昆德拉语言中的结构学,它曾伴随我度过了20世纪90年代的生活写作。

> 书柜太满,就像人类的奴役
> 从牛车到马背到拖拉机、航船、火车飞机
> 手奴役着手,心奴役着心,脊背奴役着脊背
> 麦子奴役着麦子,嘴奴役着嘴
> 语言奴役着语言。噢,荒谬,永生的因果
>
> 我爱,无尽灰蓝色所编织的云南

在远离权杖的话语下我听懂了一个牧羊人
渐变于时间岁月中那首老去的歌谣

多年前的一个时刻,在稻香中步行,想去亲吻稻穗。那个下午,应该是凉爽的或闷热的。总之,时间过得那么快啊!不知道又飘过去了多少年稻香!如此专注的一个时刻,该有多安静。

每个人的内陆,都是从黑暗中诞生出的一个又一个精灵们构出的版图。我们在此相遇,在此相识相爱。

想起云南山坡上那些至今还保存着的旧式建筑,多是土坯房,走进去会遇见很多前世的魂灵,但仍有老年人居住。旁边也有水泥钢筋房,是年轻人从外地带来的新建筑物体。新与旧的两种建筑互相凝聚,就像两种魂灵中默默上升的火焰。此际,又开始在语境中新的缓慢的节奏,带着雨后那些陪伴我的恍惚和忧郁,一个写作者陷入她的领地,如同孤独的牧羊人,带着口粮将出发前去寻找牧场水草,身后是一群黑山羊。这个场景,只要我远离高速公路,总能遇见。现实和未来,是一个写作者内心的距离。产生语言的地方,是我们的尘埃之上生命具象的幻生幻灭;上升语言的地方,是我们未知的那些永无止境的秘密之乡。

空中那些灰暗的蜘蛛网,某一只大蜘蛛精心编织的网,风吹断了它的那些游丝。蜘蛛侠走了,又开始了新的编织。我们不过是在日复一日地做同一件事,消磨同一个时代不同的光阴似箭。

天晴，没多少雨，正是插秧的季节，以后，颗粒饱满。让心歇下来，让手足互相理喻。青春是过去事，沧桑是未来事，现在是正午。

关于钥匙，我记忆中两种形态最常见。其一，来自乡村妇女的钥匙，多系在腰带上，她们去地里干活儿回来，站在门口，掀起衣襟的刹那间，会看见她们的腰围，有窄有宽，有丰盈般的大地，有贫瘠荒山野岭般的凹陷。其二，旧时，钥匙用绳子系着挂在孩子们的脖子上，在胸前晃荡，当他们嬉戏跑起来时，钥匙链发出响声。从这两种意象中，可以看到钥匙不可以丢失，必须系在身体上，只有身体可以藏羽毛、白云、月桂、乐器和菩提。

我愿意相信，今天种下的向日葵籽，明天就会成为金色的太阳。

等待我们的又将是什么？我们之所以需要等待或学会了等待，是因为人世间有太多人无法逾越的距离。宇宙中有多少星宿就有多少暗淡和光亮。看上去，我们离得很近，其实，中间相隔多少群山江流？需要等待，是因为黑夜还很漫长，无数屏障炫目而又坚固。我们不得不学会等待，在等待中并非荒废岁月，而是在等待中被自己神秘的精神世界所引领，走到神性赋予我们的路上。我们不再忧伤，不再被荆棘锁链羁绊，在巨雾弥漫中，我们要像民谣歌手那样，边走边唱。

不要倾听露水、仇恨、战争

最高的意态、全部的焦虑

声息,阴影,天堂的空气全部都来自沙和风

——埃弗拉因·巴尔克

夏天，每周需要买两次鲜花

夏天，每周需要买两次鲜花，然后自己插花，置入两个花瓶，一只花瓶中的鲜花供奉；另一只花瓶放在书房，献给亲爱的自己。这种日常生活，永不改变。

对于书的好奇，从年轻时开始，从没间断，购书的贪婪激情总雀跃着。这个世界，唯面对书时，没有节制。同一作家的书，以及陌生著书者的书，只要有一句话诱惑我，总要让它们来到我身边。不同的版本、装饰、纸质，像一片巨大的汪洋，来到我身边。今天又网购了一批书，心终将安于瀚海。

昨晚大雨，院子里的落花，红的就红，白的就白，黄的就黄……这就是风格。语言和人的命运是相互联系并存的，它们之间有着艰难的一次又一次选择和决定，但最终都会形成契约精神、同盟者之路。请认真选择自己的语言表达，你拥有什么样的日常生活、什么样的命运，你就发明了自己的语言之家。阴郁的夏季，转眼就是六月，习惯了等待，习惯了虚无，习惯了无常，习惯了孤独，习惯了在爱和意念中活着。

午后，走一走，动一动，肢体语言会像叶脉河流海洋云朵般循环变幻，只有它能替代我们的灵魂去战胜化解生命中的厌倦和忧郁。

"你的诗句老是让我想起瓦格纳音乐，长句、短句穿插其中，像小号一样饱满清亮，接着便是缓缓、波浪般的长句，层层叠上去，繁复而质朴、虚无……"这是女友曹语凡妹妹的留言，我们多年前相遇在云南翠湖边的咖啡馆，那时候，她才二十多岁，多少年来，她从河南到广州再到北京，以她独立自主的方式生活着，现在又做她内心最喜欢的事。祝福她。

我知道，爱我自己，就是离不开广袤无尽的荒野！

罗大佑的线上演唱会，让我想起了20世纪90年代初期，在昆明书林街100号不足十二平方米的小屋，我用花布做窗帘，在里边写小说、诗歌、散文，听音乐，用台式录音机听磁带，满箱的磁带，周末去蹦迪、喝啤酒。一个充满了理想主义者的时代，内心需要音乐、节奏、孤独和忧伤。那一段时间就经常听罗大佑的磁带，它是20世纪90年代的音乐引领者之一。今晚，看着罗大佑在唱歌，看见了他头顶的天空、脚下的草坪，还有年轻的音乐人。一个人从年轻的黎明唱到夜幕，不变的是声音、天空的星宿、我们内心的方向。

微尘布满大地，拂动裙子，从院子到小书阁，这新旧交替的一天：别告诉我真理，如果我看见的水是墨蓝色的，语言沿河床漂流，让我有波涛汹涌；别告诉我天气，如果我变幻着，看见了一只火烈鸟的夏季，如焰火穿透阴霾和风暴带来了奇幻的一天。

每个人除了成长，都在老去，以不同的方式。接受这个现实，就像看着自己的倒影，映现在风平浪静的池塘中：水鸟们来了，平静的空气中，它们以鸟语展现自己，以羽翼飞行就能告诉你，它们还要飞行多长时间，还有多少光阴的故事。认知无常变幻的时间，如同一幅长卷，可以让我们更温柔地成为自己，更深情地融入时光。

唯有自己不可辜负：哪怕作为一滴水、一枝叶，也是生命。来到世间，小心地出入，为了活着。从阴凉的树下到阳光炽热地带，晒太阳，直到满身阳光，才敢从容地面对人世。睁开眼睛吧，新浪潮带来了帷幕。

唯有时间不可辜负：移动的内陆版块中我们带着卑微肉身求生，忽而饥饿，忽而焦灼，风将我们载往云壤，我们才敢苟且偷生。

雪莱说："创造中的头脑就像一堆慢慢熄灭的煤，时常会有一股不可见力量如一阵清风掠过，让它放出稍纵即逝的光芒：这种力量由内而生，就像花瓣生长时色泽不断变换并最终褪去，我们心性中有意识的部分不能预测这种力量的来去。如果这种影响原初的纯洁和力度得以长存，就会结出不可限量的伟大硕果。"

突如其来的诗和语言，就像你身边的景物清晰、朦胧，你的灵魂在身体中，我们需要在日常生活中发现潜在的让自我感觉到的神性。

光来临，以低迷而复苏的力量。这就是一个人的光阴。它伴随迷失幻境的一个人走出来。这温柔的精灵，就像手上的脉络有弛有张，让我去寻找到夏季山坡上那些因暴雨而疯狂生长的野生蘑菇，去寻找到戴宽边草帽的游吟诗人，去寻找到野蜜蜂们游走四方的花园。

如此安静，克劳德·西蒙是1985年获诺贝尔文学奖的作家，20世纪90年代我第一次看他的《弗兰德公路》，完全沉迷其中。他是真正的新小说先锋作家之一。这些年来，他的名字和书几乎被遗忘，重读他的作品，仿佛跟随他在他写下的荆棘迷宫中行走，他的语言闪动着枝叶藤条，总有魔力捆绑阅读者的意识。他是我最喜欢的法国作家之一。《英国病人》永远是加拿大小说家迈克尔·翁达杰最迷人的作品。哈罗德·布鲁姆《影响的焦虑》就像他的《西方正典》等众多著作，充满了解构诗歌时炉火纯青般的激情。

休息半小时，看见窗外云在移动着，待我做完手中活儿，想写一组长诗《在云上》。抑制着许多冲动，每做一件事，都需要缜密地坚持，重复又重复。天气有些闷热，这两天会有雨，变幻之云，教会了我们观气象、测云图。

昨日写过的文字、完成的作品都令人厌倦。写作是一种越来越艰难的历险，没有写作的难度就无法将语言进行下去。这个迷惑的五月快结束了，六月应该有诱人的事件——发生在语言中的飞翔，让自己在高与低的天空之间，仿佛在左边或右边发现更奇妙的虚构，让自己的手臂长出翅翼，雪白或纯蓝，或者像一只火烈鸟。

我的语言，就是我的历史，记录着我融入时代的故事。眼下，我的语言和身体仿佛仍在用古老的手艺，复制并发明我奇妙的想象力所抵达之处，我努力地活下去，语言深处闪开的幽秘小径中，我会遇见我的前世。伟大的神性是孤独的——需要独自承载你命运中必然遇到的那艘漂移在波涛中的帆船，而当你回到内陆时，你不能丢弃种子，不能远离河流山川盆地、鸟鸣，不能离开目空万物的深情和悲悯。

最热爱的女作家，除了尤瑟纳尔之外，就是弗吉尼亚·伍尔夫。正像尤瑟纳尔所言：由黑暗或不可知再走向黑暗或不可知。他们的美就是由不幸所构建的美。

接近正午，两千字完成。但我还是想念着那些没有抵达的、模糊我的光线深处、被语言提携的陌生之境，它们才是我的未来。

热烈的向日葵开放在房间里，也会开在画布上，预想着下半年，画画、写诗、散文、旅行，还有入住海男书画院。上半年虽然是春夏，却是阴郁的时光偏多。还好，从小培养了阅读习惯，每天从早到晚，除了颓废、不安、忧郁之外，更多的时间中都有语言在私密地对话。

活着，就意味着有矛盾、冲突和奇迹。每次看到岩石上悬着的攀岩者，就感觉到人天生都是来寻找刺激冒险的。有时候，太平静的湖水则意味着腐蚀的根须，冒着水泡，那平庸的水面上连鸟儿的影子都看不见。但我看见了你，备受煎熬的你,却熔炼出了古老而年轻的又一个魔幻。

即便是历史的真实没有得到尊重,也没有人能够埋怨您。何况反映真实不是一个能够轻易完成的任务,因为在这个彼此相互影响、感情多有矛盾而又布满瑕疵的社会圈子里,连我都不敢确定什么是因,什么是果。

——尤瑟纳尔《虔诚的回忆》

拉上窗帘,如能像一个婴儿般获得一场美妙的睡眠,将是我最好的祈愿!独自喝了三杯红酒,应该微醺了。有时候,为了有一场睡眠,就举起了酒杯。这样的时间,多数是喝红酒,它的色泽可以助眠。如果没有睡眠,太阳就不会升起;如果睡眠太久,黑夜又太漫长。想起山寨深处睡在火塘边的人们一边唱着歌谣、讲着鬼故事,一边就睡着了。那是最幸福的黑夜,自然的魂灵守护着你的身心。当你醒来时,梦已经被云雾带走了。

早起的光阴是一天中的露水,万物万灵的觉醒,开始于晨曦弥漫时。

过去、现在和未来,三个时间段,几乎就是思想的起源和绵延的路线,也是叙事、诗歌、语境中颠覆性的穿越。这三个时段,对于我们的人生和写作及修行,都是历史性的图腾。

在马尔克斯的《百年孤独》，普鲁斯特的《追忆逝水年华》，尤瑟纳尔的《苦炼》，艾略特的《荒原》《四个四重奏》，但丁的《神曲》，弥尔顿的《失乐园》等众多作品中，都有这生命中汇集而又分叉出去的三个时空，孤独伟大而流逝的时空段，就是我们的一生，也是历史中的历史。

我们在绿色或红色、蓝色或咖啡色的时间中度过，我们陪伴迷幻的自己，并以此为伴。我们成为自己，并需要为自己的在场或不在场创建艺术的结构和形式，否则我们仅是躯壳而已。人生如梦，时间太短，做喜欢的事、心醉沉迷的事，就能看见你在宇宙中飞行的一些痕迹。

现在，我只想做一个会唱民谣的歌手。

像一道闪电

还有什么，能比你让我吹的一场狂风更勇猛啊
我冷得战栗着仰起头来
还有什么，能比你馈赠给我的那顶草帽更缥缈啊
我开始去挖地了
还有什么，能比你的名字更自由啊
我开始觉醒了
还有什么，能比你的箱子更沉重或轻盈啊
我看见蜜蜂飞来了
还有什么，能比你的眼神更忧郁啊

我想我已经看见天堂了
还有什么，能比你的碰撞更温柔啊
我已经游出深渊了
还有什么，能比你的心更浩瀚啊
我想我已找到旅伴了

我很难说清楚爱，我无法说清楚为什么爱你。天上的鸽子在飞，这又是为什么？

早晨，从语言开始，重读西蒙，真的太爱了。诺贝尔文学奖颁奖词："在对人类生存状况的描写中，克劳德·西蒙将诗人、画家的丰富想象和他对时间作用的深刻理解融入一体。"好吧，看看这段文字的画面感："直到早晨，聚光灯随之逐渐变暗，露出石渣铺成的一大片黑黝黝的路面，间杂着与闪闪发亮的铁轨平行的冰冷的线路，铁轨上，黑色或者土红色侧面的列车一辆接着一辆，负载过大而马力不足的陈旧小火车不知疲倦地重新启动，向前，后退，就像被从它的车轮间喷发出来的淡灰色蒸汽云托着。"从他的作品每个局部细腻的描写，可以看到拼贴画剪辑出的艺术。每一次阅读西蒙的作品，都会带来新奇陌生——这就是在时间中永不沉沦的奇迹。早上好，亲爱的西蒙，虽然你在另一个世界，你的书却跟我在一起。

天很蓝，这是形而上学的色调；地很厚，这是现实结构学的基础。铁锈迹和浓郁的色泽布满了我的诗歌小说——这是时间之色。安静，是写作者的天堂，唯如此，让你寻找到了有植物羽毛形状的语调和色彩，它们在具象和幻变中带来了战栗和惊叹。

中午走一会儿，云南的云，这广阔天地的云，在头顶变幻，让我屏息静气，真安静。写作之外，这些都是克劳德·西蒙的语言，又想起了他的《弗兰德公路》《植物园》。他是一个为未来写作的作家，只有忘却读者的写作者，会将语言延伸到时间后面、中途和前面。这云图下的云南，每一地每一物每一村寨江河，都是人文学或语言学的故事和诗学。

端午节，对于修正漫漫长路之旅的生命来说，是一次更深邃的思虑和追索。我们不仅祭祀诗人，也在祭祀万物生灵的存在和永生。空气中来自四野的香草味，炎热的夏日，个人的忧怀，飘逝中的粽叶，白云的变幻无穷……祝福朋友们吉祥安康！

碧色寨，旅人的路线

碧色寨充满了铁锈红，敞开的碧色寨就像一位古老的母亲，其腹地可以让幼儿寻找到乳液，青年人可以在此放慢狂野的速度，中年人可以在枕木铁轨间来回穿越，老年人可以寻找到回忆。锈红色布满了这里的轨道，有人在此拍婚纱照，白色的裙子上溅上了锈红色，有牧童带着黑山羊往前走……百年前的碧色寨，在今天仍然是一个巨大的魔幻。

愿我写作中的碧色寨，小火车的慢速度带来旅人的新故事。

历史被时空载入舞台，我看见了尘屑染黄了片段似的连接处：当无数人已经战胜了生命中的脆弱，我们又迎来了新的契机。每一个故事都离不开源头，仿佛又看见了一朵巨大的向日葵，当它变得越来越饱满时，它却有一个成长期的幼年，有一个成熟而忧郁的中年，这些都是从我们的源头奔赴而来的历史记忆。我们的写作，需要在这些记忆中搜索，寻找到言说的神曲弥漫。此刻，多么安静的正午啊！

我们在远或近中发现了冰川和沙粒舔过的苍茫，一段又一段旅人的路线，卷起来是书卷，铺开是瀚海。是的，不需要重逢，只需要去想象中再次虚拟我们的命运。

当我为失去无数美好的年华哀伤时，有一只轻燕跑到了露台上，它啄起的是一粒沙石，然后放下，又跑到树冠上衔起一片最小的刚发出的嫩芽，那只燕子飞走了。所有最昂贵的东西，是经历的时间，是放下的浮尘，是重新找回的灵息。

每一个节日，都有民俗学、植物学、神学、诗学……它们改变了人的命运。人的精神成为一个咏调叹，为后来者祭祀，赋予它永恒并继续演变。若干年以后，当地球人迁移到另一个星球，希望能携带这些人类的神话传奇，到遥远的星球去种植香草，去筑造星球图书馆、城堡和追索农事书的源头。

多云的黄昏，仿佛打开的天窗，这个世界好得很！

我们永远在变化，不变的只有眼神、墙脚石、松木和紫檀、黑色和蓝色、红色和白色，以及在正午的六月飘忽而过的呼哨。五月，终于过去了！每年端午以后，香草疯狂地生长，烈日灼心，总有一场清凉舒心的雨降临！

其实，所有存在都是我们内心所拥有的，而所有不存在都是我们精神所向往的。

我不厌倦，也不燃烧，默默地镶嵌忧伤和洗干净身体中的油渍。六月，树披满了绿色，铁锈红沿栅栏铁轨继续漫游，麦子越来越成熟，蜻蜓在稻田中嬉戏，莲花只生长于池塘的污泥中……

她在这里，一个角隅感受到有些东西前来缠绵悱恻，这个开始，每天早晨必出现。是命运吗？时间在这里在别处，有时是花园，步出花园，通往山冈天地开阔了。鞋子上的泥浆，裙子上的荆棘，走着走着就消失了。她慢走或疾步，都任凭某种召唤，一些记忆模糊了，另一些新的东西又开始了。今天好像有中雨，她并不为等待一场雨而等待，也并不会为等待绵延下去的语言而等待。

　　走到树篱深处，坐在凉爽的石头上。我经常以这种方式休憩，内心获得空旷的安心，又能以此抵达许多生物自由生长的地方，回到古老的某段时空，做一只自然醒悟的鸟，欢悦于飞翔或蓝天。

　　要下大雨了，感觉到一种现象，有些诗人，极少数，哪怕住在现代化大都市，仍无法融入现代化。语言仍悖逆而上，去寻找古老的家园。这是儿时的摇篮。所以，诗人出生后落地的原乡，必将成为语言出入之境。而外乡只是途经之地，浮尘漂移尽后，终将思归幼年的那个古老的摇篮。

　　大雨，六月铺天盖地的雨，仿佛要收回过于焦灼的内心，使其变得更平静——于是，我们可以淋湿身体，像那些撑开的树叶，获得一场清醒的沐浴。

　　今天高考，祝福学子们榜上有名。

　　人一生都在学习。我的教育来自大地自然万物的滋养，取自古老的天与地的版图。昨天下雨，虽然看不见云上的蓝天，我们却有幸在红河州弥勒市西三镇的农耕版图上行走，这里有一座座未被高科技销毁的农事村落，这些古村落终将成为大地之上的田园自然、生态人居、建筑博物馆。

如果看不到四野村寨，那就太虚无了。很多时候，需要行走，离庄稼地更近一些，就能看到古村落。我的一生离不开云上的变幻，也离不开人间的烟火。现代化的速度，可以满足欲望，却无法让灵魂喜悦。该放下的就放下，命运中有更好的命运敞开了四野——当我走在古村落时，特别沉迷于从空气中飘来的牛羊粪气味中挟裹着的白莲花、茄子、青菜的味道。倚着一座石头房时，我感受到了大地的根基。

心静，任何流沙都是水土！

晚风吹得如此惬意啊，仿佛跟着一页诗稿去漂移内陆！看那些冻龄的树影撑开枝叶，夜幕如同幻影般渐行渐远！

下雨，送花师傅刚给我在约定的时间送来花。世界没有尽头，我们只是驻守原乡，每一段时光都像失落的历史，终将过去。新的时辰，仿佛更为陡峭，或者在平川中看见了分汊而去的河流。神，生活在我们身边，每一个人都有内心的神，所以，哪怕在浓郁的雨季，很多热烈的花朵仍在雨水中绽放。焰火很有温度，这个夏季，我要好好地活着！

雨中，独自修剪插花需四十分钟。夏日，四天就要换花了。有花相伴，有时候会万里无云，有时候会在梦里看见花在无声无息地凋亡，这些都是存在。一生很苍茫，生命中的三分之一在荒野山冈村舍行走，三分之一用于写作，三分之一用于打发琐事、夜梦。

听雨,整整一天,耳闻的都是令人忧伤的消息。我们总是跟无常变幻在一起,祈愿吧,这小小的宇宙或浩瀚无垠的时间。我看见被雨淋湿的鸟飞落地上,猛然又纵身跃起!

读罗兰·巴特吧,他的语言让我们看到迷雾中的迷雾,晴朗中的晴朗!

散步,让我感觉到活着是一件挪动移步的事情,多数情况下,会从落日走到天黑:疲惫和厌倦消失了,取而代之的是我的灵魂重又获得了新生婴儿般的平静和单纯。

接受光芒吧,只要你需要,它就会如约而来,像风一样拂过你的面颊。而且,在有光芒的地方,你可以看见自己和另一些人,还有隔壁的人,甚至也能看见自己的椅子上落下去的纸页、发丝和钢笔。总之,别陷入黑暗,我喜欢光芒,它供我照明,让我有鉴别辣椒和盐巴的能力,也能让我的眼神慢慢地亮起来。

太美的东西,无论是风景还是艺术、书籍,乃至一首诗,一件小小的作品,都隐藏着你用意识再创造时的迷惘和忧伤,这几乎就是它能感动你的原因。欢歌笑语,刹那间过去,不会铭刻在心,也不会在时间中传递。对于我来说,迷惘和忧伤倾注在写作中,就是万顷麦粒上被小鸟啄食过的痕迹,是破漏的帆船远眺时的陆地。

这一年,就像农人坐在自家的院子里,用削好的竹子编织各种筛子、簸箕、篮圈……竹条具有足够多的韧性,可以弯曲在手中,也可以笔直地伸展开去。竹香味儿就在这个颠覆一切的时间中随风而去，但总有竹器在缓慢的时空中完成。做一个人，意味着隐忍质朴，而又充满不可复制的生机盎然。继续编织吧！

记忆犹新时，一切仿佛刚刚发生。而当我们在努力回首往事时，说明时间已经过去很久很久了。我们都在以言行回首并向前。人，面对时间时，大多是这两种常态。我们都在俗世的笼子里出出进进，像小猫小狗，只需要一个小世界就能活下去。而当我们内心遇到强大的逆袭般的召唤时，我们会将头先探出笼子，再将身体滑出去，门打开了，风好大啊，雨过来了。之后，是一个多么神奇的小宇宙啊！从纵横交错的天地间，突然间就传来了精灵们奔跑的声音。

诗歌就是长夜，黝亮的翅膀栖于枝头，隐匿热烈和忧伤，是诗人的天赋！

手揭开的帷幕，必然带来房间之外的光线。倘若在林子里，会感觉露水在睫毛上拂开了梦神的栅栏。无论是一条河流，还是一只鸟，都具有我们无法想象的灵性。而写作的源头，总是出现在晨曦弥漫之前，这是一个人必须途经的旅途。这些年，我去得最多的地方就是云南的村舍。盆地、丘陵延伸出去，突然兀立的峡谷，岩石的诡异神秘，这些元素贯穿于我的写作，无论如何，我是里面的一种词性、一棵植物、一双翅膀……那些幽灵出入的时间中，就像充满了野刺槐、仙人掌的河岸山地，总有不同形象的生命倾注热血，创造了魔法。多雨的季节降临，谷物河川变幻无穷，哪怕人世再艰辛，我们的内心也要装下想象力的浩瀚无穷,以及苦役!

朋友李蒙在我微信中留言说:"如果没有真正的意识,人是无法保持宁静的,催眠曲是这样创造的,咒语也是这样起作用的。"是的,我们在雾中行走时,总会走出去的。当年,中国远征军从缅北野人山撤离时,只带了一个星期的食物,却迷失于野人山的诡异雾幕,在里边行走了漫长的时间,有许多人最终消失于野人山的原始森林,没能走出野人山。尽管如此,我们理所当然地在这个浮世图像中,寻找着人的领地和精神的力量。时间的荣枯轮回不已,告诉我们,热爱生命,就是让双眼深情地饱含泪光,从每一个细小的梦开始,去复苏它的过去、现在和未来。

大雨咏叹调,很多事情都是在雨中完成的。我不在乎雨淋湿身体。我的身体已经适应了小雨中雨暴雨,一个人的适应期就是她的历练岁月。做许多梦,仿佛仍年少,其实已太多苍茫。这个月几乎每天下雨,每天要看天幕,也会看树上的蚁巢,那么纤巧的生命,仍充满生的喜悦。

当到处弥漫着废话时,其实民间的废话就是一部世俗史记。写作者需要耐心聆听废话,因为废话中有贫瘠富裕,有贪得无厌和清风明月,也有私语和秘密之境通向的地方。废话就是消磨时间的枝条和蜘蛛侠织网的某地某物某人的世界。

语言的路线

语言无非就是出发和回家的路线，沿着这不同方向的小路、大路、水路、土路、石板路、山路、天路等，因人而异，就有了各自的隐喻和命名的方式。出发和回家的路上，遇到了形形色色的飞碟学、宇宙学、植物学、昆虫学、动物学等，进入了我们的偶遇和情理之中。这些令我们惊奇的世界让我们使用语言，加上我们的想象力，它们就具有了超时空的力量，被称之为思想和美学诗意，这就是写作。

仍有那么多人无眠，为尊严中的尊严，良知中的良知，悲悯中的悲悯。雨不停，停不下来的雨，就像看见某个遥远的部落在时间中迁徙，一路走，一路吟唱，古往今来唱的都是梦想。古往今来，追溯的都是我们从哪里来，到哪里去。

首先善待自己，包括食物、休息、衣饰、言行，之后你才可能善待世界。一个失去自我格调、禀性、良知者，将不可能对万物生长充满祈福和希望，也不可能让凋零的一朵花重生而绽放。每天日出东方，心绪如清风，就像看见山峦叠翠彼此起伏。

艰难的时候，信仰常相伴，无论如何，我们能在雨季看见万物生长。山地上，那些湿漉漉的庄稼地上，农人孤寂地守望着。在语言的峡谷之巅，写作者以柔韧的深情，热爱着每一个魔幻四散的时境。每个时代，都有它的熔炼，守好自己的灵魂，慢慢地走。

窗户安静于它的通风和封闭，锁芯安静于它的旋转和钥匙，蔚蓝色的天空安静于它的沉默和变幻无穷。

在广袤而纤巧柔软的身体里，要练习自己装得下自己幻想中的所有秘密生活——这是通向写作的时光之谜。

在多雨的季节，如能寻找到与自己生命体系厮守的美意，是一个战胜忧郁的现实。上午过得很快，快和慢都是织物状态。我的母亲除了是一位农艺师，从年轻到暮年，她还有另一种热爱，将每天的琐事记在本子里。那时候，她就知道了，仅凭记忆是模糊的，时间久了，任何事都没有证据。除此之外，她还会编织毛衣，用两根银色的毛衣针，就能织出各种各样的毛衣。柜子里，仍有我收藏的她手工织出的毛衣。这两件事对我的成长影响很大，再后来，我就开始写作了。此刻，天空有些暗，今天又换了鲜花，有淡雅的清香，花束除了供奉我内心的神之外，同样是献给自己的礼物。女性爱花，是因为从一束鲜花的绚丽或凋零中，能促进自己的血液循环，让自己充满幻境和现实。

好像大雨又要降临的样子。已经习惯了这人间生涯，每个人都在内陆之地,遭遇着泥沙俱下的命运,这或许是最有符号结构学的时候。

我将不再遗弃自己骨子里的属于本能的那个时态:从热血沸腾到冷却的冰山峡谷。然后,再重来,划燃火柴,点亮油灯或燃起干柴,火光通红中有湛蓝,有紫檀木味……靠着自己的肩膀,仿佛依倚一道道古老的暗光壁垒,继续往前走。

此刻,千山万水都是雨!

听雨,每一滴雨都是水晶、酒杯,每一滴雨都是鸟粪、蚕豆、燕麦、羽毛,世界不过如此,请勿打扰天空的雨、地上的幻灵!

需要扑面而来的清新汉语,在其中卧底。其余的都是齿轮外的沙沙声,马蹄声从远古而来,青蛙在水底现身,写作者要敬畏语言的神性。

我的心系在那些古老的节奏中,请允许我从喧嚣声中回到一座古村落的石屋、溪流、山间的苔藓;请允许我忆旧历旧事旧物,以获得语言的尺度;请允许我做一个在水土结构中,寻找到僻壤之乡的安魂者。

一切审美,如被流行笼罩,千人一面,无论任何语言都将失去波涛汹涌的思想和气象。任何语言艺术音乐绘画,都是一个人的舞台,如混淆在集体的歌颂和潮流的语境中,便无法去享受孤独的长旅、荒漠之上的落日之光的奇迹。

我最迷恋的永远是在时间中变幻无穷的时间。

能感受到时间变幻的人,不会囿于迷雾和流逝的光阴,明天值得你去尝试更令人激动的一个词的开篇，当一个人黎明站在窗口，拉开窗帘时，或许她已经看见了梦的解析，犹如那蓝色的雨溅湿了嘴唇的女人会将故事继续讲下去。

雨过去了，天晴了，我们每个人的生存都形成了秘密壁垒般的领地，这是我们活着的虔诚和朴素的容颜。远方飘来了雨后松针叶的香味，我们没有时间为生命本身的命运感到羞辱和怯懦，也没有任何理由用傲慢的目光去面对那些低矮的栅栏和蚁族似的人生，当你用心灵涌泉般的温柔善待时间时，你就会收到来自灵魂的神奇礼物。

不同的命运，拥有不同的艰辛，没有一件事情是容易的。你的需求、所爱、所付出的劳动艰辛主题不一样。在汪洋大海中远行，奔赴的是波涛、海盗、孤岛、暗礁，碰撞的是美人鱼、海妖……在内陆之上，是河川峡谷盆地钢筋水泥，遇到的是小野兽、仙鹤、轶闻、善恶、白云朵朵……

能好好活着，并且活出气象风骨的，都需要历经时间孤寂而漫长的熔炼。

时间太快，谋划着 2023 年的几件有意义的事情，这个世界除了自己的事情，还需要为那些有光泽的人做自己愿意做的事。明年，应该是将梦幻践行于路上，除了写作外，还需要办画展、游吟、聆听风语者的歌声。

等待了很久很久，依然需要灯光照亮所在的位置，又一夜，土豆在泥土中生长，夜莺飞过了黑暗，蝙蝠迎风而上，黎明等我启开窗户。

管理好自己的情绪，是所有艺术中最为魔幻的艺术生活。如果写一本关于自我管理情绪的书，就像牧羊人早晨将羊群唤出栅栏，落日下又带着羊群回家。

我只为那些来自语言深处的遭遇，而负载着时光的反射力，它的力量游走于每一天的变幻，直到如今，我仍是一个在千变万化中站在帷幕后面的人。

没有走远，就在原地，此刻，我看见的是法依哨，一座古老的村庄。春天，法依哨的麦田，像巨大的人间焰火升腾而起，如果凡·高看见，一定会走进去，迷幻于麦芒深处。

每天早读两小时经文，让我的心安定。只有让心安定下来，才能经历时间的变幻无穷。在茫茫时空面前，有时候心如止水，是为了睁眼看浩瀚宇宙波涛的真相。

男人女人是社会问题之一：很多历史上重大的冲突，都是围绕这个问题展开的。肉体和灵魂是身体问题之一：两者之间，能结合一体，是一个艰辛的历程。梦想和现实是时间问题之一，有些人因为生活在云上而长出了翅膀，有些人因厮守大地而被烟熏火燎熔炼成青铜相。

许多事都禁不住时间的考验，就默默地消失了。当你想起来时，像一阵风卷起帽子，你去追赶时，又遇见了另一些事、另一些人、另一种陌生和新奇。树上的鸟巢也变了，水的颜色不会变，水缸里的月亮不会变——到后来，唯有虚无经受住了时间的考验。

紫黛色的天，多么想画画，但忍住了：眼下还有未了的事。我喜欢做完一件事再做另外一件事,看一朵波涛落下去回归水池,之后,再做另外一件事,但初秋降临,是肯定要画画的。想着今年的秋色,心里就有了果园,满天的枫叶,橘子色的天际,还有石头房的藏书画院……

三千行的长诗《阿细跳月》,一部献给云南阿细人的古老迁徙而来的时间史迹,筑造灵魂家园耕耘农事,神性弥漫的神奇传说漫歌。

任何经验对于我们是一种奴役,也是一种解放。在此之下的人生就像有了暗淡和明亮的鉴别力。六月,是符号带领我,一阵阵的来历不明的虚无,一阵阵的推窗就看见的现实……

有向日葵的六月,有向日葵的夜幕,有向日葵的窗台!

晨曦是我最喜欢的,它静悄悄地来,没有声音,包括月光——突然破开地平线而来,这是静谧无声的力量。意识到了这一点,从而也觉悟到所有生命在这沉默无语的光泽之下,在出发或回家的路上,都铺满了金色的琴弦和银光四射的波涛——所以,我们要好好享受生命的艰辛和挣扎,也要悉心享受花朵的绽放、果木的丰茂、孤寂者的命运。

不浪费生命,但允许自己虚无,太现实的灰屑欲壑无法养活我的灵魂,宁愿在这浮躁飞转的另一边,看见天地的神秘,看见自我的渺小和欢喜。

遍地尘烟,语言出入之地,能找回那不安定的灵魂,这就是写作的功能。

父亲,此刻,终于有时间思念你了。在无尽而有限的时间中,你走得太早,在最好的年华中走了。我记得你的的确良衬衣有肥皂泡沫的味道;我仍记得你的自行车,每天早上跑五公里的路线,每天黄昏前必吸的那支香烟……你就像是我的太阳、我热爱的向日葵、我亲爱的疆域和一座金色的盆地。我早就不再因为你的离开而悲伤了,因为我看见了你生活的净土,有干净的房间、推窗远逝的云朵。

当我认真爱自己的时候,往往是我爱全世界的时辰,但我必须从爱衣服上的一颗纽扣开始,如果它掉了,我要用针线缝好;我必须从爱一勺盐的味道开始,才会走到沙舔过的台阶,然后往上走;我必须从爱我的一双鞋子开始,只有合脚的鞋子,才会让我有稳定感去缥缈的幼年寻找到我的父亲和母亲;只有当我从一间屋子出发,看见镜子中的自己,我才会想起浪淘过的沙、铁锈红的时空轨道……

在安静而潜在的活力深处,我们需要勇气,也需要炼丹术般的平心静气,维系生命的气息每天都有新的飘移感;此刻,我像一只蝴蝶伏在树叶上,伪装成夏天的翠绿色,就这样,我拥有了安宁的意念。

永恒的但丁,影响我太长时间,用整个一生去热爱一个诗人,显然也不够,因为生命太短暂。放下了许多事,许多聒噪声随风而逝,我愿意为语言而活下去。

各得其所,在自己的修行中不仅看见了自己,也看见了那么多人头顶烈日和暴雨。

不管你们相信不相信,我都深信,有一个虚拟的世界,哪怕它那么微小,可以是一只蝴蝶的斑斓,可以是一座废弃的城池,也可以是一只打开的墨盒、铅笔画下的羽毛、锄头上的铁锈红……这些东西就是我看见的。也可以是虚拟的时间现象,它们的存在或不存在,才是真正激荡我内心烈焰的故事。我之所以将故事讲下去,就是因为有日复一日的虚构陪伴我,它比活生生的现实更有力量,并从此征服了我的内心向外延伸而去的方向——我迷恋所有世界上通过超越现实的想象所带来的现实,就像我此刻肩头栖着一只小鸟,我回过头,看见它在啄我肩头的那片落在它嘴边的树叶。

在有光热的地方,继续活下去,慢慢地,环顾四野,就听见了从古而来的车辙声声,在速度中,我们的世界已变得更好了吧!快或慢,一片土地荒芜,另一片山冈跃起。

心静,就能在热风中触抚到石头上默默无闻的冰凉,滚滚江水而逝以后后来者的脚步声声,那些有潜力的台词幕后的惊涛骇浪。人世太短,有冲浪,也有温故,就像一卷卷经文,使天地间突然安静、觉醒。

走路,走路,走路,无穷尽的路,只希望自己无论生活还是写作,都充满活力。一个人的血液循环贯彻了神经细胞,同时也带来形而上的幻念——失去这一切,对于我来说,就失去了生活和写作的意义,倘若说生命存在意义的话。晚风很凉爽,白天二十五摄氏度,夜晚十六摄氏度。感恩我在这种温度中生活并写作。三年来,所有人都面临诸多艰辛,但只要能走起来,路上就有偶然、爱意和深情。

在琐碎的生活面前

　　时间，藏着我们空茫一生中最珍贵的奇异宝石，每一天，天空都变幻无穷，以此结构促进我们在语言中的相遇。人性具有抒情的多幅幻觉似的篇章，它像沙粒般从指缝落下，又将帷幕吹开，一片空白和另一朵云都能告诉我们，这个时代，不需要知道我们从哪里来，到哪里去。永恒的秘密，被我们每个人深藏不露，藏于时空——这是自由出入的版图，我们不在乎天晴还是暴雨倾盆，每一刻，都是崭新的遇见。

　　在琐碎的生活面前，我们拾到了麦穗，已同时发明了手工下多种多样的语言：生活，我爱你，因为你是消磨我生命意义的本源。就像写作，里边有窄小的缝隙，弯弯曲曲，不计其数，让我有感伤主义者的时光。

　　好像看见了许多蜻蜓，我童年时的乐园，在滇西小镇，跟随做农艺师的母亲，参与很多农事活动时，成群的蜻蜓在稻田上空飞翔。它们栖息在绿茵茵的稻尖上，翅膀那么透明，比玻璃更无影无踪。我们悄悄地去捉蜻蜓，屏住呼吸，有时会一脚踩进稻田里，弯着腰——就像隐形捕手，想捕到一只蜻蜓侠。那时候，我们贫穷无忧，过着自然之子的生活，捉到一只蜻蜓侠时，就将它放飞天空。这一幕，是幼年时最好的净土天堂。

天刚黑下来，在高原，天黑得很慢，我写作的速度也很慢，所有手艺活儿都很慢，尽管高铁、飞行、羽毛都很快。然而，我无法快起来，我是一个沉迷于慢速度的人，倘若一个词前来敲门，我可以虚度一生。

有强烈的写诗冲动，就放下了手中的小说。突然想写一组诗，好久没写诗了。诗歌、小说、散文——有它们相似的地方，那就是使用语言。其实，在博尔赫斯的中短篇小说中，我读到了诗化的有交叉小径的花园；在纳博可夫的《洛丽塔》中，我同样读到了诗化的洛丽塔，一个女孩儿和她的母亲的对比，人性所交织的细节；在马尔克斯的《百年孤独》《霍乱时期的爱情》中我读到了魔幻的幽暗之城，后一部小说同样是马尔克斯最杰出的作品；在昆德拉的《生命中不能承受之轻》《玩笑》等作品中，诗化的黑色幽默充满了哲学的色彩弥漫；还有伍尔夫、尤瑟纳尔、西蒙、普鲁斯特、麦克尤思……在这些作家的杰出作品中，之所以让人有难以置信的奇迹，就是在语言中弥漫着诗化的色彩。可以让人反复阅读的文学作品，都有不可抗拒的力量，那就是语言的情绪所呈现的神秘时间史，文学作品以创建神奇的世境，而传承于时空。简言之，任何结构的作品，如仅有题材故事，没有独特语言所揭开的时间，那只是过往的新闻而已。何谓诗化？它像是从水井中看见的蓝天白云，从古老的马车上疾速而缓慢中抵达的城堡和内陆之上的神宇。

想起了两组诗歌的题目《轨迹弥漫》《铁锈红》，这大约是我潜意识中最近陪伴我的时间诗学。等待一场大雨降临，天气预报说有大雨。雨一直未降临，就像我等待某种情绪，它在变化。

凡是可以发现并表达出来的，都已经过了熔炼：想起在一片起伏的山冈上，几个男人刚从一座窑洞中钻出，这一窑烧制的是花瓶。那一天，我带走了一只刚出炉的花瓶，将它稳稳地抱在胸前，不敢失手。因为它太完美，我不允许它变成碎片，也不允许它有裂纹——天蓝蓝，地开阔，那一天我是一个唯美主义者。我小心翼翼地抱在胸前，多年以后，我已经习惯了碎片或裂纹，因为我成了一个大地上的仆人，拥有虚无主义者的忧愁和梦想，也有现实主义者的隐忍和美学态度。

自然醒来了，人也会渐次醒来的：所有我们编织的故事，都来自时间的启蒙。而当我们醒来，质疑推翻，颠覆性的思想和选择将开始，我愿意在越来越敞亮的窗外，看到我的翅膀和羽毛的颜色，但所有这一切都将付出代价。

雨来了，看见雨洗着花枝。趁着这雨的季节，该做什么就做什么吧，荒谬是无穷无尽的，接受它吧，我们本就是荒谬——写作者，每天在摇曳晃动着，羡慕着天鹅们在云图中的生活，也是另一种超越现实的荒谬。

昨晚，又经历了一夜无眠，睡眠于我是一个巨大的障碍，但须努力调整。不过，从上午一壶茶开始，生活是清新的，旁边的房屋不断地因改造装修发出噪声，雨后的小院来了那么多小鸟，它们栖于树枝，会吃狗粮，四只狗已经与小鸟们和谐相处——我向往着书画院的生活，秋天，应该是能入住书画院了。一切唯心造，凡事顺其自然安排。忧郁从来都是写作最好的元素和伴侣，这是附在我身体中的可念之幻、可食之粮。

属于我们的仅剩下身体，所有一切都是时间的产物：旁边的树木晃动，火车站的高铁疾速而逝，淘金路上的冒险者被海盗和波涛劫走，葱茏之上的天空碧蓝……

愧对山水静默和汹涌澎湃，我只能避于书屋，一个人的梦想多么渺茫。

如果女人为爱而写作，那么女人肯定能走到底，因为我遇到的所有女性诗人、作家、画家，都能将一件所爱之事坚持到底。而且她们身上永远嗅不到所谓的油腻味！

下午，如同天堂，如此安静，整座树林深处，众鸟穿越或栖枝，声音悦耳动听。

多年前看过一部电影《云图》，是根据英国小说家大卫·米切尔的长篇小说《云图》改编的，记得那个正午，我坐在电影院看电影，整个放映厅就我一个人。这部小说和电影对我影响最大的是时空的轮回：你的今天就是你的明天。

我们都有各自的身份，社会化的、私密性的——它产生了一句话、一个词、一本书、一份地图，无论你是谁、居何处，神都在护佑你，但请遵守规则和内心的美誉。

那些弥漫的意象，从清晨到此刻，牵引着我往雪白的冰川走，也往热烈的河谷走去：今天是一个谜，连接着昨日气象，生之瑰丽源于内心的方向。

曙色意味着祈祷，正午是炊烟弥漫，夜幕下精灵们在梦中赴约。

是的，成熟并不是将果物摘下装在篮子里作为商品——贩卖或一次性吞噬凋亡。成熟是果浆的幻变，身心灵饱满丰富地具有想象力地再次出发。一个成熟的生命，更具有动感活力和自己的风格。

夏季带来了万物生长、烈日晴空——还有漫长的抑郁期，需要像农夫修理田园般的缜密，安心地呼吸着四野的味道。傍晚走到小河边洗干净手上的泥沙，带着汗渍、疲惫、希望回家的路上，看见了最后的一束熔金色的落日时，灵魂仿佛又回到身体中。

想着那些未见到的蝴蝶、未见到的人、未见到的风景、未翻开的书、未剥开的橘子、未画出的榴红色、未经历过的奇幻、未到达的邮件、未盖上的邮戳、未寄出的信、未来的某趟列车……就这样，我从雾中走进去，也会从雾幕深处走出来。

那些表面上看上去强大的人，都是靠最柔软的水浪支撑着一条布满未来走向的形而上的河床，让自己寻找蔚蓝色的时空。

那些耐得住的寂寞、那些吞咽下去的滋味、那些深藏不露的东西，终有一天，必将变成你的奇迹。

人在转身的时候，看不见自己，但看见了过去事已湮灭于浮尘，要用尽力气，才能回首。现在事，就像生锈的锁孔和栅栏，不停地修复时，阳光下的锈迹同样很绚烂。未来事，不可议，它像一个人拎着箱子，没有起点和终点……

早晨五点起床，诵经两个多小时，让心静如云朵，唯心而变幻。之后半小时打扫院子，浇花，带小狗跑几圈后，吃早点。回到小小的写作坊，花瓶中有绿色枝叶、百合、红果、葵花……分配好每一段时间，人生更重要的事，需要安静、独立地完成。享受孤独是一件美事，只有它可以虚构语言中的可能或不可能——美德、修辞、艰辛、幻变，构建了生活的全部内容。

所有职业生涯，都在解决生态平衡的问题。雨季开始，它制造的阴柔时间太长。雨季持久，考验人对于潮湿、水洼的接受能力。有时候，在这个季节中，所产生的厌倦感，就像嗅到了原始森林中腐朽枝叶的味道。

温和主义和极端化——我选择前者，它陪伴我，化解我眼睛里的沉沙。下了一天的雨，夏天竟然有些冷。好久好久没写诗歌了，好久好久没画画了，好久好久……快进入七月了，许多现实问题都将随时间逐日解决，转过一道弯，就是澜沧江，再转过一道弯，就是怒江或金沙江。地理是我沉迷的，云南有许多美丽的地名：比如，碧色寨，这个地址有枕木、轨道、锈红色；法依哨，像是远古的一首民谣；还有一处地名：花桥。这些年，我仿佛听到的、看见的，都是大地上的居所。

一天都在下雨，突然晴朗，天穹的神秘恰好显示出人的卑微和渺小。

这天空的蓝世界，足够让我取悦自己，从我开始，在这个星际飘移，没有铜栏杆挡住光阴似箭和日月穿梭。

写作的另一种功能，就是找回我们丢在身后的时间，包括温良的特质、神秘的本性。缺乏这两者，我不知道是否会发明出自己的语言风格。流行大众化的语言学，让多少人丧失了写作的快乐和在孤独幻境中突然破壳而出的一道魔法般的闪电。

古往今来，议人事必沉浮，唯有时间让我们保持着形而上的距离。

在很久以前，我只是一粒土的胚芽，鹅黄的一点点。在很久以后，我只是空气中的烟尘，被风吹散了。所以，任何事都顺天意而行，不急不躁，安于现状，出入自己的轨迹，服从于坚韧而易逝的时间之奴役。

人世多么喧嚣，人心有多少浮尘？每一物每一景每一词都在隐藏或出卖灵魂。

昨晚下了一夜的雨，今天停了又下，刚才又一阵大雨，又结束了。高原气候神秘莫测，巨大的矿物质、动植物园，尽管被开发者们奴役、拓展、圈留，但高原仍很纯净，如迁徙的古老史诗。对我的出生地，我的原乡，似乎有难以取代的迷恋，对他乡的存在，不可能更深邃地进入，只是游离而已。一天的语言生活，在湿漉漉的低矮而浩远的天空和屏障下结束。犹如一个幻觉，我的挚爱、烈焰和冰川，都是一座神秘的高原。

夜风轻柔，仿佛有人将手放在琴键上，一个人看一会儿星空，就会低下头来；我们仰望，我们也是卑微的灵魂，需要一次次地从迷雾中找回自己。

多半生最迷恋夜色，安静的蔚蓝色远在海上钢琴师的键盘下弹奏，也在我的窗帘外弥漫。

我们的忧郁不是来自外在的重厄，而是来自内心世界的虚无缥缈，它有致幻剂，像耕田时洒在泥土上的一束束阳光，跟随这阳光和雨雾，我们行走，不是为了抵达，而是因为距离。门前通往河流的、峡谷的、城垒的、地窖口的、天梯的、火车站的、荒野的……这一切让我们莫名地陷入迷途和质疑，同时在蹉跎的光阴中，我们仍在原地徘徊不定，多数日子里——这基本是我们的常态。只有当一只雪白的大鸟在飞翔时，我们的身体才体验到了虚无辽阔的尽头……

突然热起来，二十六摄氏度在昆明已经够热了，看见了散文家吴佳骏弟弟的一幅摄影作品，突然受震撼，是的，万事皆空，一切顺天意！

黄昏让我感觉到一天将结束后的空冥，这种感受越强烈，空气、枝叶仿佛越会逃之夭夭，每一物每一景每一人，都想在某一刻秘密地消失，唯有安静时才能接受自我的救赎。

在我的身体里，有一束来自虚无的光，它几乎融尽了赤橙黄绿青蓝紫之外的所有色彩，在不同的光阴里——我为这些稀有的漫山遍野的世人皆知皆醉的尘埃之上的魔幻生活而活着。

风吹草低，仿佛看见牧场物语，一大片的绿色，语言无法表达的绿，望不到边缘。

时光太忙，如果走不到时间深处，那么，荒芜的就是自己。如同一座荒原——找不到自己和世界的联系，行色匆匆，无法铭记你是谁。

七月仍需要一场场巨雾，改变我对于炫幻意念的诗句，让我更能接受在雾中行走是一件更艰辛更有乌托邦意境的现实。不需要走太远，我的身体中已经装满了足够一生织网捕猎的奇异，需要的只有时间，孤勇者的柔韧、思想以及表达能力。

太完美的现实和丰饶，往往会湮灭一只鸟的飞翔，一群天鹅的归来，一个诗人从山底走到高岗的艰难历程。

南部边疆

只有当我们垂垂老矣，才会意识到所有的宫殿都是徒劳的。我们只需要闻着松脂香味就能安寝，只需要像小鸟一样衔起一粒食物，就能活够一天。

此刻，血液、毛细血管、神经、皮肤都很松弛。我们写作或做完一切杂事，务必要让自己成为一个干净的女人。

千变万化，唯有灵魂安息处，是我的故土，是我的藏书阁，是我的写作坊，是我裙裾曳地时拂过的尘屑。波澜不惊，好好度过每一天。

我们显得如此渺小，天亮以后，任时间流逝，都只能让我们站在原地。

石头裸露着，在金沙江暗流深处，我看不到手拉箱子的旅人，只窥见了奔涌泉穴的浪花。每一条江流都来自源头，都有一个暗光编织的童话，以自然的力量，最终版图是汪洋大海。

一山一水都在局部中生活，里边有皱褶、鸟粪、乐器、乳液——这些南部边疆的幻灵们，有无眠的夜，有暗渡的深渊，有烘干的衣食，有明年春光灿烂的种子。

有的或没有的，都是风景，一旦你置入其中，能享受，则是你的命运。凡遗弃，或者视而不见，则是你命运中的命运。仿佛看见雨后的彩虹升起……

耳畔有河岸苇草拂动，归巢的倦鸟啊，我们都需要梦乡。

现在，每天能阅读纸质书的人，也同样能扶起犁铧向万顷沃土走去，也同样能栽下向日葵，也同样能做泥瓦匠建筑房屋，也同样能成为母语中的一页页秘笈。反之，则是机器人时代的复制品、在化学试剂中被浸濡者和空心人的象征。

写作、绘画都无法快起来，那些快的速度只适合机器人去完成。今天早上七点半，送花师傅准时来送花。他每天到斗南花市拉花。最近下雨，我每周订一次花，有三种不同的花，每次他送花时都拉着满满一车厢花，那些都能销售完吗？花了半个小时插花，有三个花瓶，书房、客厅、神台各一个。纯云南生产的花，像是云端上的花。我插花已有漫长的时间，过去洗漱间都有花，现在减少了，因为任何热爱都需要付出代价。从来不喜欢干花，因为没生命力，更不喜欢塑料花。面对花瓶中的花写作，小小的房间里，有我的气息、书的味道、花香的弥漫，缓解了生的萎靡。一个人爱花、插花、养花、供花——这也是色域之旅。

很久以前和很久以后，都是关于时间段的叙事和回忆。语言在这两个段落中飘移，就像一辆牛车越过古川山道和一个年轻的赛车手穿越泥石流的速度。而此刻，在现实的时空中，写作者孤居一隅，她从人世周转而来，只是为了结一段又一段时间的纠缠，无论快还是慢，燕子依然用古往今来的速度飞翔，我们依然离不开这尘沙弥漫的地方。

每次走进写作间，才会深深嘘一口气，终于又回来了。跟这个美丽新世界和谐共生，是我一天中最心悦的时间，它虽窄小，却足可以熔炼我。

所有的墙壁都是人制造的，用来抵御外在的噪声，维护自我的存在，同时避风避雨，一旦筑起，小小的人儿就在里边生活。在二十五摄氏度气温的城池一隅度夏，应该是幸福的。在这样的温度中写作，语言里有外在气候的海拔变幻上升或下降。

我们住在笼子里，也住在荒野之间——从生下来，我们就有两个世界。

天黑了，天又亮了，就像女人的口红、卸载下的风沙、一阵一阵的雨、一阵一阵的闷雷——夏季，是我们写作的好时光。

很多事，要一件一件地做下去，7月，除了有夏日灼光、阴雨绵绵、闪电盒子，也有所在地理位置的版图，我们多数的时间都是绕着地球的一个沙漏、一间房在转动。

并不遥远的未来，简言之，就在我简约的生活方式中一波三折后抵达。

处理琐事，是在训练你的耐心。一个能做许多琐事的人，更注重细节。而写作中的时间是由无数细节描写组合的层面，正是细节散发出声音、低语、腐烂、绚丽、哀婉、希望、幻灵和气象。

很安静，尤其是看见另一些女子又美丽又安静，所传达的气息，犹如在山地的麦田中行走，或者在乡村的池塘边小憩。最幸福的状态，就是安静。

诗歌的特质，不在于驯服教育，也不适宜在喧哗热闹中生长。它更多的功能在于飘移、潜伏、造梦。

今天最高气温二十七摄氏度，这个温度会维持很长时间。语言维持着大地的尺度，像我这样的人永远只适合生活在高原。只有面对高原的山冈、人心、面相、动植物生态，我的身体才会一次次地被激活，而持久的写作需要被外在原生自然时间所激活的力量。除此之外，所有一切转瞬即逝！

一天中，有晴朗、雷声、骤雨，现在是雨后的凉快。

步行中，收了快递《广州文艺》，坐一僻静处。文学杂志也是枕边书。从开始写作的那一天，大十六开的文学杂志，就像空中楼阁不可企及，后来自己办了很多年《大家》杂志，才知道文学杂志需要很多人倾尽全力，才能创办出自己的风格。尤其是在这个时代，许多纸质的，是边缘的，也是奢侈品，只有需要文字的人才视纸质书为沃土河川。夕阳落下去了，草木很葱绿，愿人间的春夏秋冬给予我们色彩、温度、食物。愿纸质书刊中的文学杂志，在互联网时代，带给我们新鲜敞亮的窗口。

在无穷无尽的变化面前，我们会看到一个不变的自己，原生的模样，忧郁的眼神，透过夜幕，看见那些山冈上的土豆开出了蓝色的花朵，还有瓦砾上的青苔，雨水从屋檐哗哗地往下流……水很深，夜色很安静！

所有能够回忆的事情都在活着，它们看似已经萎靡了，变成枯败枝条，或者已随旧时光消失踪迹。云南边地有喊魂儿的习惯，只要你内心虔诚的幻觉越来越热烈，那些看似消失的事物，消磨过你时空的故事和名字，还有书籍、歌曲、辞典、食物等，重又归来，只要你赋予它们灵息，它们都会活着，像你一样活下去。

是的，每一个人都千辛万苦地活着，这才是生命的特征。没有苦的人生，就没有滋味和回忆，也就没有波涛汹涌的个人史。面对面地看云层，白云也在看我；在河边看浪花，白花花的流水也在看我。

习惯造就了命运的安排，你所爱上的必将等待着你付出时光的代价。写作不是培养出来的，而是迷幻其中的无以计数的时间，使你成了——出入其中的使者，蚂蚁会垒造自己的城堡也是天生的。云南许多僻壤，许多人天生就会唱歌跳舞，许多人天生就会绣花织布。这些习惯延续于命运，就是我们长久的生活。

早上订了花，现在插花已结束，那些完全绽放的不忍心舍去，还是让它们在墙角再怒放两天吧。时间过得太快了，如果荒废了，是一件简单的事，活到现在，才知道我们为什么需要静心咒滋养语言。

享受这最安静的一天，有茶水、语言、花朵、忧郁、二十五摄氏度的气温！

看去年秋天的作品。夏天过去后就是秋色了,那时候就有时间画画了。

此刻,好像又要下雨了,这个夏季,上午晴朗,下午有雨。天气变幻录,本就是魔幻。

一大堆事,从来如此,写作者浑身尘屑,带着隐忍,住在瓦砾墙壁的缝隙中,唯虚构和现实融入,做手工活儿,日复一日地,将一件一件事认真地去做完,嘘口气,目送白云,迎接雨幕、闪电,这就是日常生活。

明天意味着什么不知道,但今晚的夜色很安静,心灵静如湖蓝色的时辰,仿佛有一辆从前的绿皮火车途经了家门口,很慢的速度中看不见人群中有手机,陌生人之间都保持着距离,或投来惊鸿一瞥,让你的心沉下去,水底应该有红珊瑚。

昨夜无眠,此刻,天空万里无云,完全的蓝。需要一壶茶或安静,远处传来筑屋的声音。年轻时三天三夜不睡觉也没什么,现在每天只要有五小时睡眠,已足够多了。太多的睡眠,让人慵懒;太少的睡眠,让人更虚无。只要有茶水、劳动、碧色,万千沉船都会遇到浩瀚无垠的海洋。

总看见一只箱子失联后的场景,它独立自主地漂泊,去了陆地海洋,也去了荒漠甘泉,这只箱子成了上午全部的意象。它负载着我的身体,秘密地感知着时代的巨变、潮流的慵懒和短暂、人们面临的困境。是的,箱子正沿着它自己的轨迹失联。

较之昨天,热度上升,但适宜身体力行。我们的身体,朝向东西南北，我深信，你安居之地，哪怕再窄小，都是你的福地和命运周转之壤。你身居处，就是你的语言，你的晾衣竿上西斜的阳光，就是你的观感视觉、你的隐痛和你的朋友，就是你的抵达之谜！特别迷恋云南半山腰的海拔，仿佛被遗忘的山地上，突然间就有玉米、土豆、荞麦。这些寂静的庄稼地中，悄无声息中走出一个农夫……艺术诗歌绘画永远呈现表达的是神秘，一生潜心为之熔炼的就是语言中的寂寥。

历史有时简约，有时磅礴——在夜幕中不再像蝴蝶伏在树叶上，将伪装变成一种艺术。皓月当空，我们可以尽力而为，成为一帧插页，或者为夜色撩人而继续游离：迷失自我，就像水沁入了眼眶。

讲故事的人和听故事的人都有两种境遇，前者在时间中沦陷了太长时间，需要走出来，语言是摆脱沦陷区境的手杖，带着讲故事的人奋力前行；后者，一边听一边想象，别人的故事牵动了听故事者的回忆，原来，曾经历练的时空，有那么多惊悚，遇到了那么多东西。所以，他们看见了故事中的故事，并开始琢磨着从别人的故事中走出来，于是，听故事的人开始了新的旅途。讲故事的人仍在原地，重复着从前的从前。

航行之所以神秘，是因为陆地和海洋的距离、人的尺度。伟大的尺度在距离中产生了永久的神秘，它更能促使我们寻找到真正的自由。

这个世界，凡是让我感受到神秘的人和自然生物，都值得我信赖。

好吧,再为自己策一次展

好吧,再一次,计划本年度12月份为自己策划一次诗画作品展览,自己做自己作品的策展人。这是最近的现实,最遥远的形而上。

只要坐在书坊一隅,心顿然安静,任何东西无法取代一个人的热爱,从少时培养的习惯,让外在的繁华喧哗、莺歌燕舞都无法走进来。在里边安静地待几个小时,钥匙和挎包都离身,只有书的味道以及自己的——在语言中的惶惶不安以及走进去后的迷失艰辛、自由。

在干净的云图上,只看得见完全的蓝,没有一朵白云在变幻。今天,是稳定情绪、管理好门前栅栏和天窗的好时间。

一个形而上学者和一个形而下学者的区别:一个住在天上,看得见人间烟火灰烬;另一个住在地上,看得见云聚云散。两者之间,有漫长的距离,只能瞩目,不可能走近。

女人和男人如太顽劣,必将走上另一条路线,这是我小说中设下的某一条线索。青春时代,因为像野草一样纷乱生长的情绪,必然浪费最好时光,随同年轮周转不息,人们学会了妥协——最好的生活艺术,是在妥协中不失去自我,保持真相。因为世界上没有天长地久的时间和真谛,故事和烟火环环相扣,是因为幻想取代了现实。永恒的是你的幻想!

如果你需要快乐,就奋力幻想吧,一切都可以在幻想中实现,只有幻觉是最牢固的密码。可以长久地让你沉迷其中的,是天上的月亮、地上的幻灵。除此之外,你都会忘却和厌倦。

我看见的是浩渺,个人主义者的水土,来来往往的人群中,能铭记心底的是极少数人。写作,越来越遥远,我是说路上的艰辛复杂诡秘——离你内心尺度的远或空旷……

如果内心没有凝聚力,一天太容易就荒废了。时间,是我最亲密的伙伴,然而它是流动的,这一边还是河谷,另一边已经是大海。我时常为这些抓不住的光线移动的时速而恍惚不安。

看见向日葵,一颗沦陷的心无数次地摇曳静止后,它在享受焦灼以后安静中的生长或成熟。等待是漫长的旅途,需要明天的光亮和一群雀巢中飞出的精灵。写作,永无止境地接受来自宇宙的古老启迪,就像云南的绿孔雀,只有开屏,才会闪烁奇幻的羽翼。

我的所有言语,发生在我身边,被一只坛子收存,忧患时,我只是坛子里的一滴水,但深信会自酿成奇幻篇章。

我内心裹满了尘埃上的藤条枝叶,它们给予我柔韧度,又让我感觉到有无限魔幻。

我们内心经历的已足够形成一条溪水的源头，以后还有无尽的日子，要途经那空寂的岩缝才能寻找到另一条河流。人，这一生，凭着自己的流速，总是要去寻找那些新奇的动感、绽放的光影交错，直到彻底迷失自我。太明了清晰的生命线，总缺乏激情和热血——所以，时间和所有的宗教都在唤醒我们的麻木和冷漠。又暗示我们说，幻觉比现实更有力量，未知远远超越了我们的梦。

女诗人肖黛仙逝，祝福她一路走好。早年我和妹妹海惠，带着青春期的梦想，行走在黄河流域时，第一站就是青海。我和肖黛、昌耀老师就是在那时候相遇的，那么美好的年华啊！直到现在追忆起来，仿佛刚刚发生。祈愿我们的女诗人肖黛，前往净土，继续写作、栽花、穿美丽的时装。

我们在一切信仰中途的每次驻足，都是为了看见天空变幻无穷，大地万物生长。我的身体、我的灵域、我的血液、我的母语，陪伴我，在不断的觉醒中感知时间的考验，让自己做一个渺茫的探索者，意味着要热爱每一个微小的事物和生之万象！

有些事情你永远不需要有答案，一旦有答案的事物都很短暂。万物生长，一轮练习曲后，趋势向上。永恒的记忆和一本书的存在，都没有精确的答案。

真正的忧郁和幸福都属于悬浮力，无法考证来自何方。它的情绪灰或蓝、黑或红——推动了农人面朝土地，种植庄稼，之后，收获的是粮食果蔬。每一个身份都有历史渊源，从哪里来，到哪里去，属于哲学范围，有方向感的人中有勘察者、冒险家、诗人，因为他们心中向往着——月光和太阳的尺度。此刻，想起澜沧江岸飞过的一只英勇的兀鹫，它从江岸奋力向上，发现了战胜饥荒的食物：熔金色以上的海拔，一座壮美的云上牧场。

每天活着，就像一场皮影戏，尤其是在滇西的古戏台看一场皮影戏，月光映着我们的脸，所有疼痛难忍离我远去，剩下的就是影子——人生之所以荒谬，就是可以一场一场地演戏。哪怕没有台词，也可以用影子来制造幻觉功能。写作，无论哪一种形式，都是召集各种脸谱，虚拟一场可以聚首告别的戏剧，如此而已，诗歌的表达就更艰难了，在分行的句子里有许多影子倒映在水面和月光下——没有人告诉我，这些漫长的时间所历练的是磁铁还是泥沙。

当你颓废时、忧郁时、困顿时、焦灼时……这些情绪无疑是写作中拉开一道道时间帷幕时发出的低音区域，缺乏任何情绪者，是没有情绪的。在《百年孤独》中，我沉迷于马尔克斯的魔幻情绪中；《追忆逝水年华》带给了我普鲁斯特持久的细腻敏感的生活，他的描述能力，就像每天聆听着从花园小径上传来的脚步声，时空在他的嗅觉、听觉、味觉中反复无常地变幻；在昆德拉的全部作品中我感受到了他的流亡，以及他用身心领悟到的生活、时间中的不朽和死亡……情绪如不记录，就会流逝，作家之所以写作，因为他们是语言的热爱者。在战栗焦灼的时间面前，他们总是在幕后孤独地记录着。

地球人无非就住在两个区域,一个是高楼林立的大都市,这些完全被互联网所笼罩的城池,是发明喧哗与躁动的地方,也是各种现代化与肉身相互联系和产生冲突的地方;再就是远离高速公路的乡村古镇,这里就是我们的原乡,许多手工劳动者在田垄上种植庄稼,飞禽走兽们带给了我们古老的乐趣。这是两个完全不相同的文明现状,它们彼此之间有距离,然而,两个世界的人来来往往,厌倦了乡村生活的人往城里跑,多数是年轻人;在大都市生活的人们,偶尔带着疲惫的身体,也会逃往乡村小镇。两种出发逃离,这就是现代化历程中的逃亡录。

今年12月,我自己来做策展人,画展的作品包括我的油画、钢笔画、手稿、新书等——来一次个人史上独立策划的展览,对于我来说是一种新的学习,也是一种梦想的践行——在摇晃动荡、变幻无穷的时间中,所有一切都可以开始。

无边无际的变幻,使云层忽而蓝,忽而灰白,雨始终下不来。附近装修的人家传来电钻声,只有黎明和夜晚是最安静的。我看到的,我想象的,都像一片瓦,覆盖于屋顶。我经历的,就是我曾经虚构的,像树叶般长在树枝上。

点滴的苍茫,汇集着人世间的长短镜头下的人生。一个拾荒者,已七十多岁,退休,有三室一厅,老伴已过世,女儿已独立成家。她每天在龙翔街、文林街、小西门、凤翥街、一二一大街行走,从我看见她的那天,她就戴着帽子,肩背编织袋,那时候,她才六十岁左右,春夏秋冬沿着街巷行走。她说，习惯了将垃圾桶里的有用物品找出来。她说，家里的房间里全是从垃圾桶里淘出的书，她舍不得卖。除了书，所有东西都又被骑着三轮车收废品的人带走了。她有退休金，因为闲下来，就喜欢上了淘垃圾，喜欢上了行走，相比几十年前，她的步履慢多了，只要见到她，我总劝她歇下来，别淘垃圾了。她笑了笑，只要我有时间、愿意听，她会跟我细唠小区、街巷中碰到的许多事，发生的任何事都会被她真实地讲出来。这个妇女，很特别，退休后的时光就是淘垃圾桶。每次见到她，我都会目送着她的背影，有时停下来，只要有半个小时，她就会讲出许多人世的荒谬，而她，也是一个故事。

世上没有超越时间和自然界存在的魔法，乃至语言。尽管如此，作为人，我们面对这个千变万幻的魔法，却像幼童般成长，视魔法为生活的天窗和手杖，终将我们引入自己发明的密室。7月以雨水、干燥剂般的灼热感交替着，有些事滞留，有些事延伸到世界的尽头。

厌倦许多东西，但从未厌倦过语言。

上午编辑诗歌集《美如斯》，已发给出版社。另外的诗集《世界安静如斯》，将由上海文艺出版社出版。来了一阵暴雨，出门回家，院子里晾着的衣服全部湿透，花枝树木刚沐浴过。空气清新中，嘘了一口气。

炫幻主义者，其实是陷于尘沙弥漫，尽力地往前走时，看到或感觉到了风中除了有土豆面包洋葱的味道，还有一双红色高跟鞋往前走。心中有气象者，总是能将双脚从泥沙中拔出来，再赤脚走一段后，遇到水岸柔沙，有数之不尽的羽翼落地戏水，成为你的旅伴。

无限雨季，茫茫时空。7月进入尾声，该忍住的忍住，该转移的转移，该书写的书写，该荒废的荒废，该拾掇的拾掇，该出入的出入——物事或语态沿着一条窄小的崖边路慢慢地往前走。这个常态，其实就是更多人的命运。这三年，来往的人事不断减少，无数巨屏筑起。要用多大的韧力才能实现一个语词的漫记？

雨水带来的安静，无以言表。在多数的日子里，一个写作者，更愿意与语言厮守秘密的时空——我们在一起度过了多少温良的日子，已经受过了漫长的抚慰，我喜欢你，因为你是沉迷的一支魔笛，是每天黎明唤醒我的——让我感觉到生之焰火的热烈。

我们走得很远，但离世界的尽头还有万千波涛巨障，引领我们继续前行的，是无所不在的内心焰火。

来历不明的哀伤在云层中远逝。

我在这条路上，天渐亮。携带身份证，还有忽明忽暗的母语，一生一世，已足够消磨我身体中的故事。不远处，有一群鸟在欢鸣，它们喜欢这个世界，因为可以用翅膀飞行，我看着渐亮的山川盆地，像一只小小昆虫隐形出走。

我只爱离我又远又近的云，可以飘忽在头顶又远逝的云。

除了饥饿，精神的、味蕾的、视觉的，还有一天中开始的时候，朝向鸟语、天气、关系、栅栏、集体、个人主义者的融入或智者的语境。

说清楚我们想表达的思想、语境，就是说清楚混沌，人与兽、土壤的颜色、迷幻的肉身、羽毛和飞翔、沙器和乐音、海洋馆……表达，就是为了准确地历现出我们想达到的精神风貌。

我在我在的地方，我在我存在的时间里——在我言语未尽的语言里，活在我热爱的领地，尘沙荡漾不尽的俗世里。一生的语言故事，离不开我的云南。因为美，我们必须再一次出发去遇见！

我们都用自己生活的方向，与这个世界深情拥抱，但每一次拥抱，都有背景、无语、隐忍、创痛、泪光。当穿梭时空时，我们仍在旅途，足尖下就是波涛、屏障。一个时代，一个人的命运，遇见或思忆，一群人的聚首告别。这些故事，就像史前序幕，被拉开。在我裙裾下无数尘埃中盛开着荆棘和鲜花。只有云图，让我热爱上变幻无穷！

夏天，遇见的都是花草、烈日、风暴、倾盆大雨和闪电。一关又一关过去吧，就像写作，开始第一句话后，进入的都是你意想不到的，或者冥冥中早已等待的。当偶然出现时，其实，只是因果的再现而已。在之前，你已经千万次地为了一个充满惊奇的偶然，而默默地承受住了时光中的一次次细如水中幻影般的柔中带电的熔炼。

遇到的都是狂欢和隐忍的怒放。两种状态下的文字要度过暗夜——如果能在月光下看见抖落着芒刺的金黄色，如果能在灼日中走过去，在水涧中遇见自己清凉的灵光。

　　对于女性诗人来说，鲜花就是她的镜子、她血液的循环、她的容颜、她语言的衣饰、她需要的孤独、她迎接的怒放和凋零、她绵延不断反复无常的诗句、她能够活着的一部分生命线索。

许多声音是说给灵魂听的

许多声音是说给灵魂听的,包括痕迹、纹理、絮叨、所在位置的经纬度海拔。灵魂是看不见的,它无处不在,就像善根也是看不见的。一个人静悄悄的气息,有时像葵花摇曳着,有时像颜色涂鸦在画布上。看见一个八十多岁的妇女,她的年龄是我猜测的,脚蹬一辆三轮车,花白的头发被热风吹拂着。车上有几个旧纸箱,她艰辛地活出了风骨,看上去很健康。又看见街上一个男孩儿牵着女孩儿的手,他们一边走一边用粉红色的舌尖吮吸着牛奶雪糕。女孩的青春像火焰,那个骑三轮车妇女的暮年像落日余晖。从两种风景中,我走了出来……

重读尤瑟纳尔的《东方故事》,20 世纪 90 年代开始喜欢上她的书,读她的书简直像进了迷宫。能够让人反复阅读的书就几十本——重温他们的写作,每一次都像是遇见了陌生的一座孤岛,我走进去,看见了迷宫的前门就往里走,越走越远。这就是伟大作家的魔力。

安静地跟自己待一些日子,以下的时间,修改一部二十万字的长篇小说，完成系列散文的创作还有诗歌创作。另外，为12月份独立策划展览做前期准备。骨子里喜欢的安静——让我赢得时间，而一个人的写作最需要的永远是闲暇，它让你有无数空白去填写现实和虚无。

午后很热烈，在云南，万物都在光焰中漫步！

野生动物群为什么要住在原始森林里
在炭黑色的光线深处我们在努力往前追索

洗干净唇膏，只剩下本色，在黑暗中离开镜子，回到四壁笼罩之下。方圆百里或千里之外，有太多旅路，然而，梦，只是一个绣出来的枕头下的香包。

醒来，观看天空。宇宙神秘得像一滴露珠，藏在万物的眼眶里。敛住吧。这晶体，就像冰雪奇缘！

仅有波涛汹涌是不够的，还需要蓄电池般的火花、解开桎梏的勇气。这世界太精明，还需拙笨的意识形态，需要锤子敲在岩石上的来来回回的音韵。倘若此刻，你站在怒江岸边，你看见了我，我正坐在石头上看一只兀鹫飞在江面上，它的翅膀黑乎乎的，就像在召唤我某种无意识的幻觉。

正午以后，还应该有一场雨。四野深处，有浑浊的泥水，一个人的写作语言如果太干净了，就没有血肉之躯。就像盛夏，生长茂盛，必有泥石流，倾盆大雨下的江河呈泥浆色。而在秋色中，树叶开始凋零，江河水面上有腐蚀的叶片，它们慢慢地化为流水的一部分。凛冽的冬天,我在云南看见的金沙江、澜沧江、怒江都像绸缎碧蓝。所以,我们的语言也同样需要泥浆和浑浊度,才会鉴别出时空的轮转不息。此刻,淡灰色的天空下,我在忙碌状态中有一种感觉叫虚无。

何为悲伤?又何为欢喜?以一朵白云的变幻无穷,找到的答案,只是流水的泡沫和纸上的绢花。生命是有根须的,也是有泥土的,带上一只箱子,也只能在你生活的区域绕一圈。不断变迁的人世间,喔喔的是鸟鸣……

等我从晚风中飘过来时,秋色横空出世……想着这样的句子,又过了一天。众生都沉浸在无常的变幻中,我们终将所愿交给时间。意念比流水和风更快,因此,我们要接受一切宿命。树叶变红时,皆是秋天,万物在变,我在变,你在变——语言在变幻中安顿好了自己。

如梦如幻如电,是因为有美好的幻觉支撑着自己!太现实的东西是短暂的,只有幻觉才长久。

想起了一篇散文题目《几次盗梦的现实轨迹》,盗甜蜜的正在生长的甘蔗,盗图书馆的书,盗山地里的红萝卜,盗金色的向日葵,盗河边的水源,盗走一片废墟上的瓦砾,等等。有限记忆深处的美和永恒都是盗走的,它使我心慌意乱,但每次盗梦都有前因后果。

失去一场睡眠的美妙,就像我写过的小说《私奔者》,带着时代的潮流和秘密的梦想,去乘着一辆多年前的绿皮火车,奔向浩瀚荒野,那时的我们多么幸福快乐!

整个时间段，这些年我们从内心到外部世界的融入或缺席——更多地遭遇到了前所未有的偏离和亲近。科技越来越魔幻，但拯救不了更魔幻的人心。所以，我们的生存和写作都需要在两者之间找到更新奇的力量，这样，我们的生命线上才会有召唤生命的意义和幻想。

打开或屏蔽的世态，都需要微尘般的飘忽感，我们本就是微尘，寄生在这个大千世界里，只是为了邂逅一双双充满光亮的眼睛。只有带闪电的灵魂可以彼此珍惜，并寻找到黑暗中的每一个梦神。

黄昏以后，看不到某些腐烂，它们仿佛被屏蔽在外面，一颗心倘若安静下来，苹果就是苹果的饱满，枕木铁轨彼此映衬，来自河流山川的容颜比白昼更朦胧，人世需要长久的距离去跋涉和思虑，也需要艰辛的历程知道自己除了称谓性别外的一段又一段的故事。尤瑟纳尔说："欲望教你懂得欲望之虚幻，悔恨教你懂得悔恨之无用。耐心吧，你为舛误，然而众生皆为舛误。你非完人，唯其如此，方能悟得完美。你愤懑不平，然而你不必永生……"

暮光，总像有一条条手臂划着浩瀚宇宙，默认了吧：一个难关渡过去后，地平线突然升起哲思和诗意，它像极了母亲的乳液。

千山万水在眼前逝去，仿佛收回了自己的诺言，燕雀们的飞行之路消失了。所谓永恒就是消失自己的踪影！

世界这么大，我们这么小。

在火车上辗转着，读书片刻。看火车上的人，旁边的年轻母亲抱着八个月的婴儿，他已经长乳牙了，喜欢笑，几个无座位的男孩儿女孩儿坐在两节车厢的衔接处，坐在他们的箱子上，一个女孩儿的睫毛炫幻，指甲是天空之色。整个车厢中大都是青年人，有几个中年人。大多数人都在看手机，窗外，盆地河流湖泊安详地掠过，相比飞机，我更喜欢坐火车。是的，乘火车到达每一个终点站，只是一个一个插曲而已，这些人的面孔很快被遗忘，我们能记住的只是微微的车轮起伏声。

最近辗转太多时间，从现在开始就不出门了，要修改二十万字的长篇小说，写长诗《在云上》。秋天入住海男书画院，12月为自己所策展的个人书画展做准备。还要画一些新画。又一段隐形无踪的时光降临了，亲爱的，你好！

重读埃米尔·路德维希的《尼罗河传》，再次被撼动："依靠了这些东西，我们就能衡量尼罗河上生活的丰富，尽管它有屈从和忍受的负担。这些东西是他们灵魂的背景：运河是他们的史诗，水坝是他们的戏剧，金字塔是他们的哲学。"

暴雨闪电，当一颗心是温存的，淋湿身体后仍然走了很远很远，喜欢这种淋雨的感觉，天生就喜欢在雨中行走。小鸟们住在哪里？蚂蚁们又在哪里避雨？人生的小问题非常有趣。它使我们身心更柔韧——犹如幼童，看见了新奇，获得永无止境的成长。

浩瀚无垠，在一粒一粒沙中度过上午。感恩我所置身的时代，给予我无数艰难的想象力，想起原始森林中无数倒下的巨树,慢慢地腐烂;想起走过的路,享受过山冈上向日葵的光影交错。还有无数孤独等待我去发现语言中的语言。没有孤独或痛感区域,写作只是一种流行和媚俗而已。

想着天上的云絮,也想着地上的蚂蚁。

立秋,巨大的树荫上的叶子依然美丽,依然被众鸟倚依。有大量游客被阻隔在三亚,一种无法安定感充斥着空气。

诗歌是冰雪奇缘,也是熔炼术的偶遇——只有经历过寒川和燃烧过程的秘密和疼痛区境,才能写出属于个人化风格的语言。秋色将会慢慢靠近我,无论哪一个季节性的变幻,在悄无声息中我都会像蛇一样蜕皮,灵息飘忽不定,寻找着又放弃,只有将箱子从左手换到右手,你才能驻足、安静:身边已有足够多的山山水水,让我有浴池和晒太阳的好地方。

从层叠的麦浪中望出去,这是我最喜欢的偶遇:接下来,会遇到谁?哪一朵云会拂过面颊?哪一个片段可以汇聚汪洋?哪一种移步会找到钥匙?哪一个故事可以继续讲下去?

村上春树的小说集《第一人称单数》,应该是我读到过的他的小说中最新的作品,也是我最喜欢的一本书,用七个短中篇汇集的书,均用第一人称表述,故事模糊,带着迷幻,均无答案。正像小说中所言:"合上双眼,片刻后再睁开,就会清楚有许多事物已然消逝,在午夜强风的吹拂下,一切——无论原本有没有姓名——都被吹向不知名的远方,不留一丝痕迹,留下的只有微不足道的记忆。不,记忆也是靠不住的。有谁能明确地断定,那时在我们身上到底发生了什么呢?"这是村上春树最忧伤的小说之一。虚与实之间没有尽头和答案，其实，这就是生命的意义。

秋安，明天，语言将再次醒来。树叶在风声中变幻无穷，越变越好。需要安静下来，需要隐忍和时间。

沉默，也是最难抵达的艺术！

无论多大的雨都会悄然而逝，我们也同样是故事中的故事，从时间中走出来的一个人，拉开了序幕，或者已走到了中途，命运就是这样，充满着电光石火般的力量，照耀着一条弯弯曲曲的小路。

从很多年前开始，在一间八平方米的房间里，就已经习惯了书桌上有花瓶，里边变换着各种鲜花。亲自插花，看见它们由怒放到凋亡，这个过程，每周必须感受。一个写作者，必须要有一间写作坊，通往幽秘之境。

万物万灵都有自己美学的尺度，理所当然，我们也要掌握自己使用语境的距离，不可说的就保持沉默。

所谓江湖，是勇士、智者、愚昧者、庸碌者表达自己生活立场、演幻自己气场的舞台。

面对不可抗拒的潮流，走进去又撤离，最终，我们仍生活在日复一日的新或旧的交叉小径，默默地，做自己的事，呼吸到一片云朵中的空气，就以为自己飞了起来，真好。瓦片是青色的，水泥是灰色的，井水是可以做镜子的，全世界的人们都喜欢吃土豆。倘若你饿了，就看一看焰火是从哪里升起的！

新的一天，在诵念完两小时经文后降临。我们所需要的不过是照耀到语言中的某束光。我所需要的不过是揭示精神存在的所在位置和方位，它饱含着声音、旋律或情绪——无论忧郁还是欣悦都是幻象。

树叶起伏不定，在暴雨来临之际，小鸟们看上去有些慌乱。寂静的黄昏独自在演奏着低调的音符，忧郁的空气仿佛在轻抚着弓弦，颤音和树叶的荡漾融入其中……暮秋降临了。

很多问题不再是问题，而是来自秘密基地上未研发揭示出的标准答案。很多孤独也不再是孤独，而是来自这个清朗星球上的神奇旅伴。

很少读到惊心的语言，许多诗歌太相似，许多小说只有故事：语言像茫茫大海中的一朵浪花，可以溅射到蓝天白云深处吗？那些像牧鞭抽痛你脊骨的语言在哪里？黄昏很安静，我看见了许多银色的小路，很多人又回天上去了。我们仍在尘世与向日葵在一起生活，看见树林中飞出的小鸟，也看见了自己的足尖。我意识深处的一团团火焰将照亮自己。晚安，这无穷无尽的气象！

未确立的、已验证的、无法追索的、可以看见的痕迹……这些时间中的倾向和意识形态，都是我想表达出的语言过程。

倘若遇到了奇妙的灵魂，那一定是神的安排。灵魂是看不见的，无影无踪，你凭什么感知并以为自己碰到了另一个灵魂？只有漫长的时空，让我们可以创建一个虚拟的灵魂。然而，当你从夜色中突然意识到一阵波光和旋律时，你的裙裾发出窸窣声，你的呼吸沉静而又急促，难道你果真遇见了奇妙的灵魂？

人生本没有意义，是因为人穿上了衣服，有名字伪装和灵魂。鸟长出了羽毛翅膀，为觅食而降落，为本能而飞行。万物有枯荣，有怒放，有节制、规矩和自由，这些东西让我们感觉到了意义。

那些灵魂孤独者，即语言的践行者。没有足够的沉迷，就不可能从灼热下看到青麦从春天飘忽到冬季。8月，未抵达之谜……在旅途和寂静的房间里，独自修炼。

雨的降临，同样孕育了很长时间，它是如何越过了蔚蓝云图？这是神的安排，在下雨之前，天还湛蓝着，我就看见了成群的蚂蚁在一棵大树上迁徙。蚂蚁是我的意象，也是我最容易遇见的生物体，每次见蚁群，我就预感到大雨就要来了，我从不慌乱，也不喜欢撑伞在雨中行走。人，都有特殊的习惯。这个世界很包容互惠，可以让每个人心存私密，而这些习俗和生活方式，证明了人都是孤独的。越是独立自主的人，他们的孤独感就越像幻影闪电——雨注入了每片树叶，无论多么干枯的枝条，突然间像青苔般飘了起来，这美丽的瞬间，我有想飞起来的念头。

请容下从一个微小局部开始的梦幻：我曾在多年以前坐在金沙江的峡谷边缘，看见一条溪流想汇入江水时的艰辛，它是从山中青石上沁出的水，是顺着高高的岩壁悄悄滴落的水……后来，它的水量越来越大，它被称为支流。是的，我们每个人无论多么幼稚，都是一条微不足道的支流。看见那条弯弯绕绕的支流,终于汇入了金沙江时,我年仅十六岁。那时候,我已经开始在信笺上写分行的句子。我就是那条朦胧稚拙的然而却带着狂野和雀舌般的支流,我想看见更大的江流。就这样,我感觉到了,并看见了很多支流,它们在月光下看上去像是一条条银色的绸带……

那无法言说的,正是你的内心秘密。

雨下一阵，就停了

　　一场黎明的暴雨后，蔚蓝重又轮回而来，生命荡漾是无法阻挡的。我希望以活着的姿态放低眼帘下的视觉，回到我的小世态，这一年，所经历的事都需要付出更多时间。写作考验着一个人忍受无常幻变的能力，作为人，我更愿意为自己所热爱之事倾尽全力。忍住感受那些从空气中飘来的莫名的痛楚和融之不尽的忧伤。这些元素正是我的亲密伴侣，触碰中有岩石般的灰蓝和冰凉，整个身体都在漂泊，语言永无尽头。

　　走不出自己的领地，也不想去惊扰更辽阔的版图。在我小小的尺度下面，像一个牧羊人般寻找并厮守自己的水土吧！

　　思想浸润在此际：花雨门庭下的小路，风卷起落叶，船帆远在天外，不在我身边，旁边是城池山水走向。以虔诚之心，依然善待自我，哪怕忧患也是一朵花的绽放和凋亡。人世艰易，雨来雨去，风卷残云，我们要好好继续成长。

　　忧患带着隐形无踪的痛，仿佛镶嵌在一列慢火车的齿轮上。它们穿越隧道和夜幕后，白昼流星附体，没有痛感的语言区域，苍白无力，只是一些华美的语言，载不走箱子中的秘密和沉重，也无法带着我们去抵达和出发。

哪怕是上了年纪，眼睛看上去仍清澈如水的女人，将活出自己的风格——在她的眼眶里，她自己创建了一条水源地，所以，她的眼睛里总有来自源头的水，洗干净风吹来的泥沙。

重读十八岁时读的书。那一年特别迷恋拜伦，《唐璜》是我人生中开始读的第一部长诗卷。今天重读，仍然如此新鲜，因为世上只有一个拜伦。

一场暴雨过去了，在漫长的宇宙轮回中，我们只是一滴雨，融化后又成了另一滴。所以，我们没有任何权利傲慢地俯视人间。

今年有太多的忧伤，无以言表。看见飞行的翅膀，它们如此轻盈又疲惫不安。8月的最后一天就要结束了，雷鸣不像盛夏那么有力了，它将慢慢地撤退，雨水下一阵，就停了，然而，又来临。语言中的情绪忽而热烈，转瞬间又像灰烬一片冰凉。写作者必须历经的滋味，这三年来我们都尝够了。希望和明天总会相互交织，厌倦的人或事，淡出记忆，就像干杯，喝光杯底的最后一滴，或剩下半杯，再从夜色中悄然离去，一个人的隐忍和自由多么辽阔。

天气预报说，今天会有好几场雨，很像我们不确定的词语，它遇上了江河，就归于波涛；它遇上了火车，就归于陌生人的车厢，它遇上了山冈，就从山脚开始向上前行。

安静，放下的所有，如泥沙枯枝随水流季风而去。语言，是终生的亲密伴侣，值得我倾尽全力以赴好时光！

充满实验探索结构性的写作，就像将一顶帐篷立于旷野深处。在此宿居，遇见了来自动植物领地的各种奇遇。世界在变，我们的写作结构语言也在变幻。帐篷立起来后，除了居住，我们还需要水源、食物、天气预报、天幕，更需要生存的勇气和智慧，这些都是结构文本所需要的源源不断的古老的源头。

一天过去了。太阳永远从东方升起，所以，面朝太阳的窗户阳光最为炽烈。给太阳写的情书继续着，永不间断！

长篇快改完了。生活的意义在于你的命运演奏出什么样的乐音，无论排箫、钢琴、笛、萨克斯……理所当然，你是其中的灵魂。

在现代，每个人身上都有或多或少的像果汁溅在外衣上留下的痕迹的轻微抑郁症。我治愈从身心中散发的像天气变幻般融入身体的抑郁症的方式就是写作。它产生的功效，让我每天穿上干净的裙装，让我从不抱怨生活的芜杂，让我进入语言写作时，仿佛像一只鸟儿般飞翔。

我将出发，去哪里并不重要。云飘窗而过时，我看见了农事书中的谷粒，鸟衔起一粒谷粒，从水上飞到内陆。我穿一身裙装，也能在尘埃落定中走很长时间。

看到陌生的语境时，就像看到了久违的火车站、更古老的车辙印，还有甚至更远的通往未来星际的一群人的命运。

美感、语境、容颜、身体、灵息等，如能禁得住时间磨砺，那么，你的花瓶中永远有玫瑰绽放。你的皱褶裙下的流水弯曲而去，而你的声音像月光划破栏杆，你的容颜可以是绿松石也可以是水底的红珊瑚：禁得住波涛的升起落下。

那么多人带着生活的梦想和意义出发！所以，任何节令的变化，雨天和雾天都是好天气。

当我们迷失方向，就会遇见我们内心的神秘力量护佑。在云南，这样的感觉非常深刻而神秘，峡谷中突然升起的古刹，山冈上向你奔来的泉水，这些都是你内心的神秘力量。

空气中有了凉意，很多人很多事都像树叶，进入了秋天。不要急于去了解答案，也不要将自己的内心秘密轻易坦言。

世界上所有的事情从夜幕到晨曦，只有太阳，金色的太阳，是我情书中一道打开的窗户：给太阳写一封封情书，还将交给古老的邮差去寄出。

你那么柔软，是因为必须向最柔软的水和舌头学习，以此才能面对冰凉坚硬的沙石——一位美丽的牙科医生曾经告诉我说，舌头很柔软无骨，牙齿很坚硬，然而，是柔软的舌头征服了看上去稳定坚固的牙床。水也柔软，却漫过了峡谷岩石，直抵河床海洋。

荣辱不惊——那么多的山河波涛等待我们去练习语言修为、存在和虚无。

美，向着太阳和黑暗转换为我们的灵魂。我们说出的，是真理吗？地平线如此辽阔，语言就是美德，就是艺术品。如何说出来，就是你一生历练的时光和美学的原理。

一场暴雨倾盆后，闷热消失了，厌倦也消失了，向日葵开遍了山野，低下头，看着满地的雨后泥浆，而明天早晨，太阳出来，向日葵又会仰起头来。

下一篇色域之旅的散文，名为《给太阳写一封情书》！云南的太阳明亮而又炫幻着，它是我身体中金黄色的光线，我一生都在云南的太阳光下行走。在阴雨绵绵的季节，我或许会沉沦，然而，一旦太阳升起，我的内心就会看见并途经被太阳照耀的河流和村寨。愿太阳下的万物万灵，都获得圆满！

明天的太阳是新的，想到太阳的圆轮刺破天际，照耀着众生的窗户，便有了写信的念想，在黑夜的笼罩下，给太阳写一封情书吧！

多窄小的缝隙才能藏住一束光的来来往往？多辽阔的闲情才能把蚂蚁们垒建的城堡看见？

关于你，关于我，关于他们，关于可公开的或隐藏的，这些都是小说的线索，沿着这些迷幻色彩，世界具有意义，充满了一次次的否定，之后，帐篷重又升起在旅途，面对凛冽的岩石，另一边也有棉花糖在我们的舌尖上飘忽。这世态炎凉，需要唇边的味觉，也需要强风暴来临之际的淡定和艺术的幻光。

很多年前，写过小说《你的生活与我无关》，现在想起来，仍沉浸在那时的故事中。其实，我们每个人都可以好好地，以自己的命运为主题，所有的情绪都不要受影响。写作者当沉迷在"你的生活与我无关"的境界时，便能插上翅膀飞翔。

关于女诗人贾浅浅，我仅见过她一面，她是一位美好而低调的女子，我读过她的许多诗歌，都显示出了她诗歌的独特语境。人生漫长，我希望世间多包容些，每个人都需要成长，每个人都需要时间历练。写作就是一场漫长的练习曲！

生命的问题，来自与生命的关系；心灵的问题，来自与心理的关系……我希望自己就像在辽阔的横断山脉哀牢山群体下的一个无名的石匠，生活在孤寂的岩石下，默默无闻地面对着一座石山，每天手里都举起锤子又落下，举起又落下，不断地重复，听鸟语雷声，看春秋境外境内……

面对蓝天白云，任何阴郁都会让位于变幻无穷的波涛，巨涛沉入时空，人变得更渺茫，更抽象的意境扑面而来，这就是此刻：未竟之书像秤砣，衡量出轻重，而白云和羽毛哪一个更轻盈？

迷途是长久的，幻想也是长久的——这两者让我忽而逃逸，忽而公开了自己的灵魂！

遗忘术让我越来越安静：获得更多从窄缝中逃离到乌托邦的机缘！

我想隐形无踪地生活和写作，这是我最喜欢的习俗，请让我安静如斯，像波平浪静的湖面。下面是我的水房子，波涛汹涌处，水草缠绵悱恻。

我要睡了，并不困，然而，我喜欢在冥想中的夜晚看见云穹顶上的白茫茫，还有蓝莓色镶嵌后镂空的那部分，犹如女人的裙裾，露出肉色的缝隙，更多的是大地果物的生长气息。

我只想从火柴盒中取出一根火柴棍，摩擦着粉红色的盒面，只听见呲一声，火柴棍像一团小火炬，将煤油灯点燃……我只想借着灯光，翻开一本充满皱褶和旧时光的书，贪婪而饥渴地往下读，一个夜晚，一盏油灯，读半本书没问题。现在的书做得很优美典雅尊贵——但真正读完一本书的人却不多。书，何时蜕变成了装饰品？真的，此刻，我多么思念幼时的煤油灯。

一切存在的，都需要付诸激情，所谓激情，并非仅属于青春期。一个人的激情源自阅读、对陌生事物的好奇和探索，源自过往的历史、你去过的地方、你深藏的记忆，再就是你内心饱受时间摧残和磨砺后，你的微笑和忧郁的眼神后面那个广袤无穷的世态。

接受比抵御更需要力量和勇气，当你在暴雨中淋湿了身体。那年盛夏，我和几个人来到了澜沧江边，那是一个多么奇特的正午啊，碧蓝的天空变得像灵魂一样快疾，它的灰铅笔盒般的云团，染出了厚重的浓云，顷刻间，暴雨倾盆，我们倚着江边的岩石，整个身体仿佛变成了乐器，因为抵御是徒劳的，奔逃也是徒劳的。当我们接受了它，才知道肉体和暴雨是可以相互联系的。

再耐心些，从容些，淡定些，以接近地气的力量靠近那只小鸟用小脚爪去捕食的草丛废墟……甚至一无所有，饥渴难耐，也要忍受住荒野上的夜晚。倘若来到一座古堡，只有你一个人，只有一根火柴、半根蜡烛、一本书在窗口已经历过风吹雨打，一个人如能经受住来自历史风云的看不见的黑雾，那么，你理所当然是故事中的主人。

最忙碌的8月，最销魂的8月，最厌倦的8月！

昨晚午夜，与一位善感而艺术的年轻女子交流。她是我在《广州文艺》所发散文的责编，她的这段话让我一边倾听着半夜的雷鸣暴雨，一边重温着她写下的言语，那个时候，我感觉到世界除了遗忘之外，还有如此多的故事。

我不是一个合格的中文系学生

姚陌尘说:"我不是一个合格的中文系学生,因为过于相信时间对于文学经典的力量,大学时没读过多少当代文学作品,只是在课堂上记住了一些名字。毕业后兜兜转转,直至做了编辑,成了文学生产一线的'淘金人'。那年有幸责编海男老师的《我与世态的亲密》,惊艳于她天才的书写和表达,不觉发出'一个作家不是随随便便可以进入文学史'的感喟,自此才怀疑长久以来阅读的偏好是不是让自己遗失了什么。我偶尔联系她——很惭愧,常常忘记自己的职业是编辑——作为她的读者,因为被肉身所困,有些体悟,想同她分享。时常翻看她的朋友圈,那些绚烂的文字、细腻的情思不得不让我这小辈叹服:她是为语言而生的。我一遍遍被那些鲜花和祈福灯所照亮,仿佛一遍遍沐浴佛光。偶尔聊天,那股慈悲、祥和的力量即便隔着时空也能满满地溢过来。

"《色域漫记》是海男老师正创作的一部温故旅路和人生观色彩学的长篇散文,有几十个故事,每一篇八千字,每个故事都独立成篇。我们从第7到12期，分别刊发其中的六篇，以飨读者。初读稿子，我们很欣喜：这常人笔下最容易流于理论式书写的题材，经她的笔端流出的，却是一个个动人的故事，一幅幅颇具深意的镜像。她的文字里驰骋着想象力，告诉你，一个天赋异禀的作家，在语言的王国里，是怎样'艰难追索'、辛勤耕耘的。我在她的书写中，读出了温情和慈悲的女性力量，读出了强大而丰沛的精神能量，也窥见了她作为女作家的胸怀和格局。"

每次写作之前，都要翻半小时我喜欢的作家的书，以此荡漾我的身心，让写作有情绪。奈保尔的所有书都特别喜欢，他是我近些年反复阅读的作家。世境幽晦不明，这正是写作的好天气。

是的，同样感恩漫长的写作年华，让我看见了虚构的玫瑰，也同时看见了玫瑰枝条上的暗影和荆棘！

只有爱上自己的人，才有能力去热爱明天的蓝天白云！

每一个转折都是微妙中开始的，我内心的宗教生活，带着移动的幻影，在此地继续生活。裙子落在尘埃深处，这些泥土味让我感觉到活着。在远方开始奇境，一切看不到的、触不到的都会与我相逢在语言中。生活在两种时空中，彼此之间有一种持久的亲密关系！

自带想象力的持魔杖者，命运中难以逃逸出去，为了那些捕梦网中过滤器中留下的思虑和光泽，他们生活在语言中，犹如沿着看不见尽头的地平线——寻找着自己的恋曲。

小说家和诗人通常有区别,因为小说家是讲故事的,诗人是讲灵魂的。但优秀的小说家,一定有沟通两者的钥匙——可以打开两道门,他们是谁?想起了许多伟大的小说家和诗人。夜风开始凉了,盖好被子吧!

是一道光,挂在窗帘上,随帘杆悄无声无息地滑动。沉迷于这安静的时光,这良宵,也是另一道光,如同桥梁架在江河之上。

看星宿会更知人间苍茫,说不清、道不尽的永远是故事中的故事。今晚的聚会完全是米兰·昆德拉的小说结构:陷于时间中的人,哪怕走了再远,仍在回忆同一个人、同一种爱。后来所有的遇见只是幻觉——在一个极为感性的女性身上,我看见了她的美貌和爱情的时间史。

我们都是听流行歌曲开始了青春期的成长,这些每一个时代的潮流,都让我们亲历其中的深或浅。一个没有为流行激动过的人,内心的方向感应该从出生后就校正好了。但这样的清晰度让一个人的成长必然丧失很多迷幻和激情。流行在每一个时代都会捆绑人,只有在流行中自由出入者,才会在乱世中也能从容地逃逸。现在流行什么?我站在有雷鸣的一隅,天看上去又要下雨了。只有自然界的风声鹤唳是永久的,它们无论怎么变,看上去都没有变。

写作是缓慢的,我们出门看风景时也是缓慢的:手工下的任何事,包括农事活动也都是缓慢的。只有在心平气和的幻光中,会看见你自己在变化,只有看见你自己的变化,才会看见小鸟们是怎样啄食的。烟雾弥漫是为了让你有存在的空间。偶遇旅人手拉箱子,仿佛很恍惚。但也会看见各种车轮在城中像蜗牛般前行。人,正在为抵达或驻守,为欲望和生存,为幻念,而付出不同的代价。

继续善待自己,善待书籍、语言、绽放、墨迹、食物、衣锦年华,是为了灵魂,要为那个不安定的灵魂寻找到它的潜质暗流,要为敞开而隐忍的灵魂寻找来自时间的朝圣般的熔炼和音乐。

你清澈的双眼里闪烁着波光,像是烟火人间,又像是遥远的距离!

诗大都出于平凡细节,它们凹陷在我们的日常生活中,为我们内心所痛恶的某些现实,被我们写在语言中,所以,我们赋予它们隐喻,让它们有隐藏者的权利、游戏者的逃逸。然而,我们还希望看到语言的盛宴,于是,我们虚拟出一条通往形而上的路线,因此,山底下的人们开始推石上山,没有羽毛的人趁着夜色编织着羽翼。长久生活在泥浆中的人们啊,终于看见了一条绿绸缎般光滑而美丽的河流,便不顾一切地扑进去。

人生本没有意义,是因为人穿上了衣服,有名字伪装和灵魂;鸟长出了羽毛翅膀,为觅食而降落,为本能而飞行;万物有枯荣,有怒放,有节制、规矩和自由,这些东西让我们感觉到了意义。

树叶起伏不定,在暴雨来临之际,小鸟们看上去有些慌乱。寂静的黄昏独自在演奏着低调的音符,忧郁的空气仿佛在轻抚着弓弦,颤音和树叶的荡漾融入其中……暮秋降临了。

新的一天,在诵念两小时经文后降临。我们所需要的不过是照耀到语言中的某束光。我所需要的不过是揭示精神存在的所在位置和方位,它饱含着声音、旋律或情绪——无论忧郁和欣悦都是幻象。

进入9月所滋生的感伤,就像天气渐凉后增加的风衣。这样的好时光,就像倚着树,避开一阵阵短暂的细雨。叶子开始变黄了,我拾到的那片凋零的树叶,红如少女的嘴唇。任何变化,都有错落的美意。在另一个角度看上去,那片红树叶又像烟丝在燃烧。美,就是恍惚、跳跃。

真理并非唯一的,它测试着我们的认知能力,我曾看见过一只羚羊纵越过了它身体下的悬崖,而另一只或多只羚羊却绕开了悬崖,它们可能要多走些路,才能抵达目的地。

黄昏,适宜散步,适宜独自一人看不见自己的幻影和惆怅;适宜在沉默清新的好空气中,看见隐形无踪的那只蝉。

所有的红蓝白本身是独立的,如果融入其中或多种色块,则需要艺术的空间和美的原理,不和谐的融入终有一天会分离出去,各奔他乡。

世界不安静,但我只要进入小小的写作坊,顿时就听不到喧哗与噪声了。此刻,隔着时空帷幕,唯有听见自己的心跳时,才知道时间是一个巨大的秘密花园:《给太阳写一封情书》这篇散文,正在写作中。

明天会很安静，风调雨顺，我们会像秋叶般静谧，慢慢地幻变！一个天真而成熟的果实，最终仍然是它自己的内核。

有一个事件，演变的时间太长了，梗住心头，让人不舒畅。希望此事件尽快过去。也希望每个人管理好自己的心魔，如果每个人管理好自己，天空就敞亮了，流水就清澈了。生命的时间太短暂，别耗在一些毫无意义的纠缠中。我希望自己用更多时间读书，去看万物生长，也让自己更温存地去热爱身边最平凡的事物。

用一生，我们与自己结成联盟，就像在古代，占领自己的呼吸飘忽地，搭营地，挖洞穴，避开空中巨兽。我希望人一生跟自己的灵魂和身体较量，这些时间已足够让我们耗尽体力、心魔。午后，静思，温度正好，花朵绚丽，流水不腐蚀彼岸。

照顾好自己，其余都是废话。然而，所有写作都是提炼生命的废话，那些叨咕的语词深处，有我们的隐痛、羽毛上的灰烬。好好照顾自己吧，我这样说，也对亲爱的挚友们说。

所有一切都会过去的，所有揭不开的谜底也会过去的！所有的一切表演就像阴谋和爱情终将会谢幕的！

语言就像钥匙链，戴在身上，或者装在口袋里。你知道哪一把钥匙能打开哪一道门？好了，这一切已足够让你饱受时间之谜的浸润。其余的，都是虚拟！

我们生活在一个滚动不息的时间段，但需要回头看，倘若走了很远很远，不经意地被风吹拂着，或者想起了丢失的东西回过头，你会顺着风回头去寻找到你丢失的记忆，那些奇特的玩具、布鞋、存钱罐，那些洗白了你牛仔裤的流水，伐木工的手套、铝饭盒，还有很多邮戳和信封……

城景一隅，无论世界如何荒谬，花仍然绽放。刚看见一个小妹妹发这些图，男人担着莲花，这寂静的景致，带来的是舒缓的音乐，女人会将这些花蕾带回去，插在花瓶中，它们离开了污泥，同样生长怒放，陪伴着这烟火热烈的人生。

一场互联网下的话语权演变了无数角色，人生最终的真理和答案在绵延不断的时间中。

诗歌写作也是一种个人化的发明技艺。贡布里希在《世界小史》中写道："所以当我们说话或者吃面包，使用工具或者在火边取暖时，应该经常心怀感激地想想那些原始人，那些前所未有的最伟大的发明家。"他还说："历史——我答应过你——要从这里开始了。"

读书，就是一天中最好的安魂曲。善待时光和自我的好习惯，就是在一天中的某个时辰，合上窗帘，在梦神降临前的阅读，就像用手拂开了四野深处的青麦，无边的寂静减轻了疲惫和焦虑，来自书中的节奏升起了一道道屏障，又打开了一扇扇门帘。

保罗·瓦莱里在《海滨墓园》中写道："哦，思考之后的酬劳，悠长的目光注视着神明的宁静。"

长篇小说《漫歌：碧色寨》全部修改完。外面，下了一夜雨，现在开始停了，还有许多语言在等待着我，也还有许多事。秋凉了，一切唯心造！